講談社文庫

薔薇のなかの蛇

恩田 陸

JN036020

講談社

目次

薔薇のなかの蛇

【序　章】

霧。

重い霧。

最初はしとしとと降る霧雨《きりさめ》だった。しかし、今では雨音が消え、上下左右に広がる霧そのものが、すっぽりと村を包んでいる。

質量を伴いまとわりついてくる霧。この中を進むには、泳ぐように霧を掻《か》き分けていかなければならない。

ほんの小一時間前までは、この季節には珍しい暖かい快晴で、小春日和と言ってもいいほどの陽気だったのだが、そんな面影などもうどこにもない。無愛想な雲が空を覆い、牧草地の続く丘陵地帯に陰鬱《いんうつ》な圧力を与え続けている。

霧。

その薄暗がりの風景に、ぼうっとひとすじの道が浮かび上がって見える。

踏み固められた、灰色の土が続く細い道。うねうねと曲がり、丘の合間を縫って、途切れずに続く一本道。

道に沿って丘を越え、徐々に村の奥に分け入っていく。

羊たちの逃亡を妨《さまた》げるための小さな木戸を越える。

奥へ、奥へ。

退屈な風景だ。ぼんやりと灰色ににじみ、輪郭すら定かではなく、疲れた時の夢のようにとりとめがない。

ふと、前方に何者かの気配が漂ってくる。

影。

分厚い霧の中に浮かび上がってくる幾《いく》つかの黒い影。

巨石の群れだ。

形はどれも皆一応直方体ではあるが、ごつごつと歪《ゆが》み、切り口はまっすぐではなく、誰かが石を乱暴に叩き割り、砕いた破片のように見える。

その並び方もいびつである。

規則的に並んでいるようでもあり、無造作に置かれているようでもある石の群れ。

成人男性ほどの大きさの石は、ぶっきらぼうに続いている。

異様なのは、それらの石が、まるで地面に突き刺さっているように見えることだ。

——そう、ちょうど天のどこかからバラバラと降ってきて、直方体の角が土に刺さって着地したかのような状態なのだった。

　石はえんえんと続く。途切れたと思い、ふと顔を上げて少し先に目をやると、窪地《くぼち》を挟んで、さらにその向こうにもまだ並んでいるのに気づくだろう。

　そして、その窪地が大きなカーブを描き、村の中に二重の円を作っていることにも気がつくはずだ。

　そう、この村は遺跡の中にある——環状列石の遺跡と一体になって、混然と重なり合って存在しているのだった。

　石は疲れ切った巡礼者の群れのように、ぽつりぽつりと続いている。

　どこまで続くのか。何を表しているのか。

　そんな疑問に答えてくれる者がいるはずもなく、えんえんと石の列は続く。

　霧。

　いよいよ身体にまとわりつき、粘つくような霧の感触にあえぎながら進んでいくうちに、身体の奥深くの内臓までがじっとりと冷たく濡れ、全身に霧が染み渡るような錯覚に襲われる。いつしか身体の内側にあったものが、閉じ込められていた意識が、境界を失いじわじわと外側に漏れ出し、霧と混ざり合い、同化してゆくようだ。

　やがて、正面に小高い丘が見えてくる——ぽつんとそびえる老木の脇に、それまでのダイヤ形をした石とは少し違う、卵形の巨石が横たわっている——丘の上の巨石。

それは、祭壇のようだ——天に供物《くもつ》を捧《ささ》げる、どっしりとした祭壇。

実際、その上には何かがある。

石のものではない、微妙な曲線が石の上に盛り上がっている。

霧の中を進む。

少しずつ近づいてくる巨石。

霧の向こうから姿を現す老木は、遠くから見て想像していたのより遥《はる》かに大きく、巨石を守護しているかのように禍々《まがまが》しく枝を広げ、近づく者を威嚇《いかく》する。

それでも近づいていく。

やはり、石の上には何かがある。

ぐにゃりとした塊《かたまり》。

どことなく異様な形をした有機物。

祭壇の上に安置された供物。

よく見ると、その供物からは、何かどす黒いものが流れ出し、巨石のあちこちに縞《しま》模様《もよう》を作っている。

霧と少しずつ混ざりあっているが、まだその縞模様にはかすかに真紅の色が残っていた。

じっと目を凝《こ》らせば、それは大量の血だと気づくはずである。

辺りに漂う異様な空気が、霧に和《やわ》らげられているとはいうものの、激しく生臭い腐臭のせいであるということにも。

首と両手首を切り取られ、胴体のところでまっぷたつに切断された人間が、村を覆い尽くす霧に捧げられた十月の午後。

それがすべての始まりであった。

【第1章】

ミッドナイト

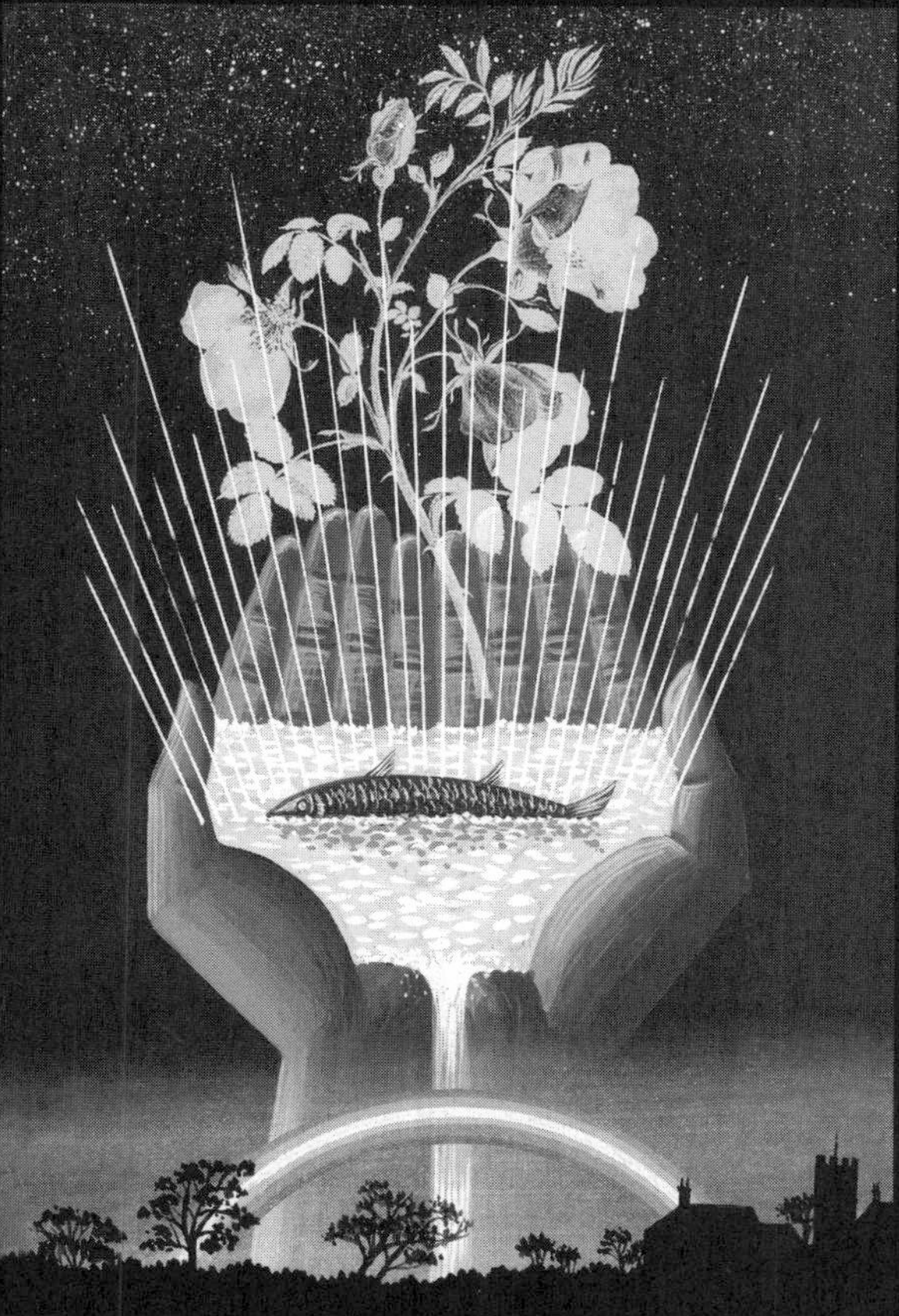

霧雨が、雨になった。

それは、何かが家を取り囲んでいるように感じていた気配が、耳に聞こえる音になったということでもある。

サーサーという柔《やわ》らかな音に耳を澄《す》ましていると、心がしんと静まりかえり、夜の底がどこまでも透き通っていくような心地になる。

時刻はまもなく午前零《れい》時を回ろうとしていた。

古い納屋を改造したらしい、大きなスタジオである。

天井は高く、堂々とした黒い梁《はり》が渡され、天井の暗がりの中で鈍く光り、歳月の重さを伝えている。

しかし、壁や床にはかなり入念に手が加えられていて、床はモザイク状の木材、壁は革張りになっている。

ずらりとつまみが並んだ黒い大きな一枚板のような機材がふたつ、使い込まれた古いグランドピアノが一台。電子ピアノや録音機材も整然と並べられている。

けれど、今はスタジオとして使われているわけではないらしく、マイクスタンドや譜面台は隅に片付けられていたし、入口の扉は大きく開け放してある。雨の音はそこから聞こえてくるのだ。

薄暗く肌寒い室内。

部屋の一角にあるテーブルの上のスタンドだけが煌々《こうこう》と灯《とも》り、その明かりの中で鉛筆を走らせる音が歯切れよくだだっぴろい部屋に響いている。

手元に集中している、一人の青年。

金色に近い明るい茶色の髪をくしゃっとかき回し、ヨハンは五線譜の上でパッと鉛筆を手放した。澄んだ音を立てて鉛筆が転がる。

緑色の布張りの椅子《いす》から立ち上がり、壁ぎわに置かれたサイドボードに向かうと、中からウイスキーのボトルを取り出し、ロックグラスに三分の一ほど注いだ。

その時、雨の中遠く、エンジンの止まる音を聞き取った。

訪問者がやってきたのだ。

ヨハンは動きを止め、じっと耳を澄ます。

一呼吸置いて、インターホンのチャイムが鳴った。壁の受話器を取る。

「――いや。もちろん起きてたよ。ああ、構わない。入って」

低く囁《ささや》きかけると、ゆっくり受話器を置く。

一口、グラスを呷《あお》る。

やがて、外の砂利を踏む足音が近づいてきた。

再びチャイム。

「開いてるよ」

もうひとつのロックグラスにウイスキーを注ぎながらヨハンは叫《さけ》んだ。

スタジオの外側のスペースの向こうは玄関だ。玄関といっても、大きな観音開きの武骨な木の扉があるのみ。

ぎいい、としわがれた音がして、ゆっくりと扉が開く。

「無用心だな」

入ってきた男は、肩の雨を払いながら呟《つぶや》いた。

続いて外の空気を遮断するようにバタンと扉を閉め、内側から大きなかんぬきを掛ける。

ヨハンは小さく肩をすくめた。

「そんなことはないよ。ここを知ってる人間は少ないし、見た目には分からないだろうけど、それなりにセキュリティ対策もしてる」

男はコートを脱ぎ、ヨハンの差し出したグラスを受け取り、サイドボードの隣に置かれた古い革のソファに腰を下ろす。男の身体から、冷たい雨の匂いが漂ってきた。

「結構降ってる？」

「ああ、強くなってきた。とうとう追いつかれたな」

「タオル使うかい？」

「いや、いらない。たいして濡れなかった。灰皿、いいか？」

ヨハンはサイドボードからガラスの灰皿を取って男に渡した。

「ありがとう」

男は几帳面に礼を言うと、ソファの前のコーヒーテーブルに灰皿を置き、シャツのポケットから煙草《たばこ》とブックマッチを取り出した。

なかなかマッチに火が点《つ》かず、男は顔をしかめた。

「ちぇっ。しけってるな」

「ライター使う？」

「いや。ほら、点いた」

パッと明るい炎を上げてマッチが燃え、鮮明な炎の匂いが立ち上る。

煙草に火を点けてから、ふと男は気がついたように周囲を怪訝《けげん》そうに見回した。

「いいのか、聖なるスタジオ内で吸っても？」

「録音中じゃないし、ここの休憩スペースなら構いやしないさ」

「このご時世に、寛大だな」

男はゆっくりと手を振ってマッチの火を消す。

ヨハンは椅子に腰を下ろし、グラスに口を付けた。

紫煙が明かりの中にゆっくりと広がっていく。

「――探したぜ」

男は煙の行方を目で追いながら、ひとりごとのように呟いた。

「それはどうも」

ヨハンはそっけなく肩をすくめる。

「この辺りにいるとは聞いたことがあったけど、実際に場所を突きとめるのはいささか苦労したよ。隠居生活にはちと早すぎやしないかい」

男は若干の非難をこめてヨハンをにらむと、これみよがしに煙を吐き出した。

「別に。仕事をしていただけさ。ここだと捗《はかど》る」

「五線譜に？　パソコンのソフトを使えば、即座に演奏してくれるだろう？」

「普段はそうしてるけど、五線譜に書くのも好きなんだよ。こういう環境だと、そっちのほうがイメージが湧くんだ」

「イメージが湧く、ね」

男は気のない声で繰り返した。

ヨハンは正面から男の顔を見る。

「君こそよく探したね。ここは僕の名義になってないし、このスタジオの存在自体あまり業界内でも知られてない。よくぞここまでたどり着いたと誉めてあげたいよ」

「そいつは光栄だ」

男はやはり気のない声で頷《うなず》く。

「で、僕を探し出して何をしたいのかな？」

ヨハンはからかうように薄く笑った。

男はヨハンの顔を無表情にじっと見る。

「単純なことだ。君と話したかった」

「僕でよければ」

「あの村で起きてること、知ってるか」

「あの村とは？　どの村のこと？」

「はぐらかしはやめようじゃないか」

男はソファに座りなおすと、大きく両手を広げてみせた。

「はぐらかしてなんかいないさ。君こそやけに思わせぶりで、戸惑うよ」

ヨハンは軽く受け流し、グラスに口を付ける。

男は隣に置いたコートに手を伸ばし、ポケットに突っ込んであったタブロイド紙を引っ張り出した。雨に濡れ、赤い色刷りのページが黒くくすんでいる。見出しには「殺人」の文字がちらりと見えた。

ヨハンは見出しから目を離し、「ああ」と呟いた。

「あの事件か。遺跡で死体が見つかったんだろう？　かなり猟奇的な殺人事件らしいね」

「TVでも大騒ぎだ。観光客に加えて、今はマスコミの連中で宿がいっぱいらしい」

「悪いけど、ずっとここにこもって仕事に専念していたからね。実は、TVはほとんど観てないんだ」

「それは精神衛生上いいかもしれないな」

「どうしてあの事件の話を僕に聞きに来ようなんて思ったんだい？」

ヨハンは相変わらず軽い調子で男の顔を覗《のぞ》き込む。

男はふわっと笑った。

その笑みがあまりに無邪気だったので、ヨハンは一瞬あっけに取られた。

男は微笑《ほほえ》みつつ、ゆっくり左右に首を振った。

「さあね。俺も不思議なんだが、なぜかふっと君の顔が浮かんだのさ。君ならあの事件について、いったいどう考えるだろうかと思って」

そこで初めて、ヨハンの顔に面白がるような表情が浮かんだ。

「ふうん。随分《ずいぶん》とまた、酔狂な話だな。苦労して僕の居場所を突きとめて、こんな夜中にバイクを飛ばして片田舎までやってきて、何を話しだすかと思えば」

ヨハンは椅子を動かし、男のほうに向かって座り直した。

「でも、いいんじゃない？　夜は長いし、推理小説は嫌いじゃないし」

男はもう一度にっこりと笑う。

「それはよかった。作曲でずっとこもってたのなら、寝てないんじゃないのか。長話をしても大丈夫かな」

「こもってたせいで、ちょっと退屈してたことは確かだよ。動いてないんで、眠くもない」

「じゃあ、ちょいと腹ごしらえしないか。告白すると、長時間運転してきたんで何も食ってないんだ。どこで寝泊まりを？」

男は胃のあたりを押さえ、ぐるりと部屋を見回した。

その視線を見ていると、淋しい片田舎のだだっぴろい部屋に、ぽつんと二人きりなのだということを意識させられる。

外は雨。

この世に二人きりのようだ、とヨハンは思う。

「ここは見ての通り築百五十年の納屋を改造したところでね。少し離れたところに母屋がある。そっちで寛《くつろ》いでるよ。ここでも仮眠はできるけど」

ヨハンは、目で入口脇の中二階になった小部屋を指した。

「ああ、あそこね」

「先にウイスキー飲んじゃったけど、ワインでも？　チーズくらいなら、そこにストックしてある」

「それでいい」

男は満足そうに頷いた。

ヨハンは身軽に動き、梯子のような小さな階段を上がって中二階の小部屋に入ると、バスケットに入った赤ワインのボトルとチーズとマフィン、コンビーフの缶とピクルスの瓶詰を持って戻ってきた。

「意外とあったよ。誰か気を利かせて補充しといてくれたらしい」

「豪勢だな」

「それじゃあ、タブロイド紙で仕入れた情報を教えてくれないかな」

ヨハンはサイドボードからワイングラスを取り出しながら尋《たず》ねた。

「遺体の身元はまだわかってないらしい」

男はワインのコルクを抜きながら口を開いた。

「E村、あそこは環状列石の遺跡が残ってる。集落と重なるように大きな二重の円を描いて、そこに石がぐるりと並んでるんだ」

「へえ。それは面白いね」

「あのあたりはケルト文明の遺跡があちこちに残ってるからな。観光客も多い」

「ストーンヘンジは見たことがあるけど。結構がらんとしたところに唐突に立ってるからびっくりしたよ」

「ストーンヘンジよりも面白いよ。ミステリーサークルがよく発見されるのもあの辺だ」

ヨハンは小さく鼻を鳴らした。

「さんざん大騒ぎしたけど、実はミステリーサークルは人為的なものなんだって聞いたよ。専門の創作集団がいて、収穫の時季になると夜中に出かけていって、作ってるって。農家がこっそり依頼してるとも聞いたことがある」

「人為的なものもあるのは確かだな」

「へえ、本物もあるの。本物って言い方もなんだか変だけど」

ヨハンはナイフを取り出し、器用にチーズを切り分け、皿に載せる。

男はひらひらと手を振った。

「ま、それについては誰かに検証を任せるよ。で、遺体は、集落からちょっと外れた丘の上にある、遺跡の石のひとつに載せられていた。首と両手首が持ち去られていて、胴体は腹のところでまっぷたつに切断されていた」

「よそから運びこまれたのかな？」

「いや。石の上に大量の血が流れた痕《あと》があったから、その場で切断された可能性が高いらしい」

「まだ特定はできないわけね。血も運んできたかもしれないし。遺体は男？」

「のようだ。三十歳前後の若い男性らしい。警察は行方不明者リストを洗っている」

「まあ、常識的にいって、首と手首を切ってるってことは、身元を知られたくないってことだね。逆にいえば、指紋が警察に残ってるってことかな。前科があるとか。もしくは、有名人で顔を見ればすぐに分かっちゃうとか」

「そうかな」

男は意味ありげに呟いた。

「胴体を切ったのはなんのためだ？」

ヨハンはぐるりと目を回した。

「さあね。単に切断マニアだったのかもしれないし、運びやすくするためだったのかもしれない。大の男一人を運ぶのは大変だけど、真ん中で切れば少しは楽になるんじゃないかな。半分だったら、スーツケースに詰めて運べるかもしれない」

「なるほどね。利便性を考えたと。半分に切って運んできて、石の上で首と手首を切ったのか。うーん、血は胴体を切った時に、ほとんど流れ出してしまいそうな気もするが」

「他の意見でも？」

「俺は、首と手首を切ったのは、胴体を切ることのカムフラージュだったんじゃないかって気がする」

「胴体を切ることが第一の目的だったと？」

「なんのために胴体を切りたかったのかは分からんけどね」

「それは面白い。その理由が分かると、被害者の身元も犯人も分かる――と。そうこなくっちゃ」

ヨハンは身を乗り出して指をパチンと鳴らす。

その様子を男は興味深そうに見て、更に続けた。

「胴体をまっぷたつといえば、有名な事件があったな。ほら、昔ロスで、女優志望の若い娘が殺された――」

「ブラック・ダリア事件」

ヨハンが即座に返答すると、男は満足げに頷いた。

「さすがミステリ・ファン」

「何度も小説のモデルになってるし、映画にもなった。ミステリ・ファンならみんな知ってるよ」

「あれは迷宮入りなんだろう？」

「うん。市の有力者が絡んでるとか、いろいろ噂はあったけどね」

ヨハンは考え込む表情になる。

「今のアメリカなら、胴体を切ったのは胃袋の中の麻薬を取り出すためだと真っ先に思うだろうね。わずかな報酬のために、自分の身体を使う運び屋が今も後を断たないらしい。ビニール袋やコンドームの中に麻薬を詰めこんで飲み込む。国境を越えて、目的地に着いてから吐き出すわけだ――もちろん、危険だよ。相当な量を飲み込むんだから。もし胃袋の中で破れでもしたら、たちまち劇薬の過剰摂取で即死さ。だが、待ってるほうにすれば、末端価格にしたら凄《すご》い額だし、胃袋を掻っ切ってでも回収したいと思うだろうね」

男は感心してうめき声を上げた。

「なるほど。胴体を切るのは、腹の中のものを回収するため、か。現実的な解答だな」

「確かに、胴体を切りたいがために首や手を切ってカムフラージュするというのはいいアイデアだな。遺跡に放置したのも、猟奇的な雰囲気を演出して、カルトまがいの殺人という印象を与えるのにはいいかもしれない」

「麻薬なのかな？」

「それはどうだろう――僕の個人的な意見としては、そういう理由じゃなくて、何かもっと面白い、独創的な理由であってほしいんだけど。犯人の手掛かりは？　そもそも、犯行時刻は何時くらいなんだろう」

「それが、結構奇妙なんだよ」

男はワイングラスを手にしたまま、ポケットから新しい煙草を取り出した。

「発見されたのは夕方五時頃だ。その近くを通る近所の住民は、昼過ぎまでは石の上にそんなものはなかったと証言している。一人だけじゃない、複数の証言だ。なにしろ、村の外れで人通りは多くないというものの、見通しのきく丘の上だからな。犯人は、昼過ぎに被害者を連れてきて、目立つ丘の上で切断作業を行ったってことになる」

「大胆不敵というか、無謀というか」

「そうなんだ。しかし、怪しい者を見たという証言は全くない。無人のタイミングを狙ったとはいえ、目撃される危険は高かったはずだ。そこがちょっと奇妙だろ？」

「確かに」

二人は沈黙し、しばし考え込んだ。

サーサーという雨の音が、ぽっかりと空いた納屋の天井の向こうに間断なく響き続けている。

＊

霧雨。

陰鬱な霧雨。

絵の具に黒が混ざってしまった風景画のように、すべてのものの色が暗く濁って、地面に深く沈んで見える。

花の盛りの季節も終わり、ちらちらと咲くゼラニウムやデイジーが申し訳なさそうに庭を彩《いろど》っている。

かなり広い庭だ——自然のままと見せかけて、実は周到に手入れが為《な》され、計算されたものが感じられる庭。

小さなあずまや——ちょろちょろと流れる小川——林に見え隠れするリスや野兎《のうさぎ》。

窓の外の霧雨の中に、それらが影絵のように浮かび、動き、また霧の中に消えてゆく。

「やれやれ、分かってはいるが、見るからにうっとうしい天気だな。まだ昼過ぎだっていうのに」

重いビロードのカーテンを押し上げながら、栗色の髪の青年は独りごちた。

「まったく、このクソ忙しいのに、なんでまたこんなところに押し込められてなきゃいけないんだ」

「なんならロンドンに戻ってもいいんだぜ、デイヴ」

部屋の隅の安楽椅子の上から、静かな声が飛んできた。

デイヴと呼ばれた青年は、言葉に詰まったような顔で声のしたほうを振り返る。

「そうはいかないことは兄貴だって知ってるくせに」

「だったら、ぶつぶついうのはやめたらどうだ。アリスがお気に入りの女友達を連れてくるらしいな。あいつの友達で女は珍しい」

安楽椅子の上で優雅に足を組んで「フィナンシャル・タイムズ」を読んでいる青年の姿は、新聞の上から黒髪しか見えないが、仕立てのいいスーツに身を包んでいることは間違いがない。

「アリス？　あんなはねっかえりの連れてくる女に期待なんかできっこないだろ。ガキん頃から、戦争ごっこばっかりやってたあいつの友達といえば、ほとんど男。今だって、表も裏も分からないほど真っ黒に焼けて、やってることといえば、イスタンブールで遺跡掘り。今度連れてくるのは人間じゃないかもしれないぞ」

「何を連れてくるんだ」

「猿とか、イタチとか、鳥とか」

「イスタンブールに猿はいるのかな」

「知らないよ。期待するとしたら、エミリアのほうだな。あそこの女子大は、頭は今いちだが、見た目はまあまあなのが揃《そろ》ってる」

「アリスの人を見る目は確かだよ、おまえよりはずっとね。おまえ、前にもエミリアの友人とつきあったことがあったろう。忘れたのか？　あの物凄い香水、炭疽菌《たんそきん》並みの破壊力だった。お気に入りのクッションカバーが台無しになったとお袋はカンカン。来年からシティに行くってのに、少しは学習しろよ。金融取引は一度の失敗が命取りになるんだぞ」

新聞の陰から、淡々とした声が響く。

デイヴは砂でも嚙《か》んだような顔になった。

「そりゃあね、兄貴は将来母方の伯父貴の後を継いでダウニング街に入ろうって人間だから、政治学とやらを優雅に学んでお高く止まってりゃいいのかもしれないけど、こっちはバリバリの実業なんだ。宿題が山ほど出てて、シティに行く前にノイローゼになりそうだよ。金融工学に中国語だと？　自慢じゃないが、俺は表意文字は苦手なんだ」

「おまえは金融業界に向いてる。俺は向いてない。それだけのことさ。俺はせいぜいお高く止まって、モラトリアムな人生を送らせてもらうよ」

「でも、兄貴みたいなのがＭＩ６にスカウトされたりするんだな」

「まさか。おかしな冗談いうなよ」

「そうでもないぜ。兄貴の入る研究所のＯＢには結構いるって噂だ」

新聞がぱさりと動いて、黒髪の下に聡明で思慮深そうな焦げ茶の瞳が覗いた。

「ふうん。そいつは面白い」

デイヴは一瞬あっけにとられた顔をしたが、すぐにイライラと部屋の中を歩き回り始めた。

「くそ。ビールが飲みたいな。アーサー、ちょっと歩いてあそこのパブまで引っかけに行かないか。片田舎だけど、あのパブは結構いける」

アーサーはちらりと腕時計に目をやった。

「いいね。まだ客が来るまで時間もありそうだし」

「酒呑みのタイミングだけは、兄貴とは気が合うな」

「同感だよ」

二人は帽子をかぶり、玄関脇のホールに出ると、使用人たちに声を掛け、外に出ることに成功した。執事は小言をいいかけたが、お客を出迎える準備に忙しいようでつかまらずに済んだ。

外に出ると、たちまち肺の中まで霧が入り込んでくる。

「ここ、老後に住むには向いてないな。ブラックローズハウスは肺炎農場と名前を変えたほうがいい」

デイヴが毒づいた。

アーサーが目深《まぶか》にかぶった帽子の下で小さく笑う。

「俺は結構好きだぜ。辛気臭くて誰も来ないし、来てもすぐに引き上げてくれるから、読書と論文がはかどる」

「ここの相続はアーサーに譲るよ」

「ふふん、そう言ったこと、忘れるなよ」

「忘れるもんか」

まとわりつく霧の中を泳ぐように、二人は庭を抜け、裏の牧草地に抜ける小道を早足で進み続けた。

太陽の光はなく、どんよりとした丘のてっぺんと垂れこめた雲がくっつきそうだ。

なんだかいつもと違う。

アーサーはいつのまにか自分が周囲の状況を窺《うかが》っていることに気付いた。

禍々しいのだ。

アーサーはその言葉に驚いた。

ただの平凡な秋の午後にしては、ひどく暗く禍々しい。いつもは退屈でのどかな眺めなのに、今日はどこかに不穏な悪意を孕んでいるような気がする。

二人はなんとなく黙り込んだ。

ゆるやかな坂を二人で並んで登っていくと、人気のない午後の丘で、デイヴは無意識のうちに声を低め、アーサーに囁いた。

「なあ、親父の強引な思いつきには慣れてるけど、これ、いったい何のパーティなんだ？　こんな陸の孤島みたいな屋敷にみんなを集めて、何企《たくら》んでるんだろう」

「俺もよく分からんが、もしかすると、聖杯の引き継ぎかもしれない」

デイヴは目を丸くした。

「聖杯？　冗談だろ？　インディ・ジョーンズじゃあるまいし」

アーサーは真顔を崩さない。

「とにかく、一族に引き継がれる『聖杯』と呼ばれるものがあるとは聞いたことがある」

「まさか」

「単なる美術品だと思うけど、相当に高価なものらしいのはほんとだよ。めったに人前に出さないってことも」

「へえっ。知らなかったよ、そんなこと。引き継ぎってどういうこと？」

「分からん。客が着いてから、今夜のディナーで親父が説明するだろう」

「映画みたいだな。うちにそんなものがあるなんて知らなかったよ。ふうん、いったいどんなのだろ。サザビーズに掛けたら幾らくらいになんのかな。結構お宝かも」

デイヴは子供のように興奮しているが、アーサーは丘に漂う不吉な空気のほうに気を取られていた。

何度も訪れているが、こんな空気は初めてだ。

ふと、視界の隅で何かが動いた。

「うん？」

アーサーが突然足を止めたので、デイヴが面くらったように兄の顔を見る。

「どうかした？」

「あそこに誰かいる」

「え？」

丘の窪みに、小さな林があって、その中を黒い影が移動していた。

動物ではない――黒いガウンをまとった人影――ドルイドの僧のように、頭まですっぽりかぶったガウン姿の人間がスーッと、ただならぬ速さで林の中を動いている。

「なんだ、あれ。なんであんなに速く動けるんだ？」

デイヴがゾッとしたような声を上げた。

アーサーは思わず駆け出していた。

「アーサー」

影を追って、林に飛び込む。

しかし、彼が着いた時には、影は消えていた。

たいした林ではない。見通しもきくし、人ひとり隠れるような場所は見当たらな

い。

霧の中を駆けたせいで、鼻と喉が冷たくなり、徐々に熱が冷めて身体も冷たくなってくる。

「逃げたのか」

デイヴが追い付いてきて、林の中を歩きまわる。

「いない。変だな。隠れるようなところはどこにもないのに」

緩やかな丘の上にも人影はない。

「なんかの見間違いだったかな」

「いや。確かに、人がいた。黒いガウンを着てた」

気のせいか、ガウンの陰からちらりと長い黒髪が覗いたような。

しかし、アーサーはあまり自信が持てなかった。薄暗い霧の中だったし、本当に見たのだろうか。

「そういえば、最近、殺人事件があったよな。新聞に載ってた」

デイヴが思い出したように顔を上げた。

「なんだ、それ」

「知らないのか。どっかの遺跡で見つかったんだ。身体をまっぷたつに切断されてたって」

「へえ」

デイヴはあきれ顔で、自分の頬をぴしゃりと叩いた。

「タブロイドもワイドショーも見ない奴はこれだからな。家に戻れば皆が買ってきた新聞が山とあるよ」

「知らなかった」

沈黙。その沈黙も、誰かが息を殺しているような沈黙だった。

「なんだか気味が悪いな」

二人はきょろきょろと周囲を見回した。

霧。沈黙。誰もいない。

がらんとした丘陵地が、急に不気味なものに見えてきて、思わず顔を見合わせる。

「なんだか、ケチがついたな」

「戻るか」

「うん。戻ってワインでも飲もう」

「そうするか」

こそこそと元来た道を引き返す。

アーサーの頭の中で、何度も黒いガウンが横にスーッと移動する。

あの常ならぬ、奇妙な動き。あれはまるで――

何かに追われているように、二人は時折どちらからともなく後ろを振り返り、足を速める。

「やけに冷えるな」

「あったかい部屋が恋しい」

そんなふうに口ぐちに言い訳をしてみるものの、肌にまとわりつく薄気味悪さからは逃れられない。

たいした距離ではないはずなのに、なかなか屋敷は近づいてこず、ようやく窓から漏れる明かりが見えてきた時には、二人は無意識のうちに胸を撫《な》でおろしていた。

が、再び二人はぎくっとして同時に足を止めていた。

黒い人影。

庭の片隅で、屋敷を窺うように立っている人影がある。

黒いコート。長い黒髪。若い女らしい。

さっきの奴だ。

アーサーはそう直感した。頭の中の映像に残っている、ガウンから覗いていた黒髪が、今そこに立っている女の髪と重なったような気がした。

なんて禍々しい。

全身を揺さぶるような戦慄《せんりつ》が、アーサーの中を駆け抜ける。

「おい！　そこで何をしている！」

デイヴが叫んでいた。

黒いコートを着た背中がびくっと動き、コートの裾《すそ》を翻《ひるがえ》して、女はこちらを振り向いた。

今度は二人がびくっとする番だった。

漆黒《しっこく》の、暗い宝石のような瞳が発する、見たこともないような強い光が飛び込んできた。

陶器のような真白な顔。深紅の唇。

驚きと、恐怖に見開かれた大きな目が、二人を見つめていた。

アーサーは、もう一度同じ感想を口の中で呟いている。

なんて禍々しい――美しさ。

「あの、私は」

声は低く深みがあったが、かすかに口ごもり、怯《おび》えていた。

「リセ！」

突然背中から大声を浴びて、アーサーとデイヴは今度こそ飛び上がった。

「ごめんごめん、やっぱり正面は向こうだったわ。久しぶりに来たらすっかり迷っちゃって。こっち、裏庭だったわね」

陰鬱な霧を吹き飛ばすかのような明るい声が、遠くから駆けてくる。

「アリス！　おまえ、こんなところで何やってるんだ？」

アーサーは駆け出してきた金髪の娘を見てあきれた声を出した。

「アーサー、デイヴ、久し振りね。変なところで車降りちゃって、ブラックローズハウスの入口が分からなくなっちゃったの。二人して道探してたら、はぐれちゃって」

長身の娘は、屈託《くったく》のない声で笑う。

アーサーとデイヴはあっけにとられた。

久々に見る妹は、ウインドブレーカーにジーンズ、長い髪を後ろで結わえ、すっかり屋外活動が板に付いた様子である。

「ええと」

アーサーはのろのろと呟いた。

「二人して、というのは、つまりその」

黒いコートの娘にそっと目をやる。

アリスは「ああ」と大きく頷いた。兄たち二人が、黒いコートの娘を不審者扱いしていることに気付いたらしい。

「彼女、一緒に来たの。あたしの友達よ。彼女は美術史を研究してるの」

アリスは黒髪の娘に駆け寄り、にっこりと笑いかけた。娘は戸惑ったような笑みを浮かべる。

「ごめんなさい、リセ。彼らはあたしの兄よ。アーサーとデイヴィッド。彼女はリセ。リセ・ミズノ」

肩を抱くアリスに微笑みかけながらも、娘は何か問いかけたそうな瞳で二人の青年を交互に眺めていた。

【第2章】

ブラックローズ

「MURDER」の文字が躍《おど》る一面の見出し。

毒々しいカラーと、パパラッチが盗み撮りしたぼやけた写真で埋まっているタブロイド紙を広げ、アーサーは熟読を続けていた。サイドテーブルには、白ワインの入ったグラスと、他のタブロイド紙の束が積んである。しかし、それらの一面はどれも同じく「MURDER」が合言葉のように並んでいるのだった。

同じく白ワインのグラスを掲《かか》げた弟があきれ顔でやってきて、兄が座っているソファの袖に腰かける。

「兄貴がそんなものを熟読しているのを見るのは初めてだな。つくづく似合わない」

「いや、そんなことはないよ。もうすぐこの事件の権威になれそうだ」

アーサーはちらっと顔を上げ、真顔で弟を見た。

「タブロイド紙の構造は理解した。あまりにも速く読めるんで驚いたよ。つまり、紙面の文字数に比べて、情報量があまりにも少ない。だから、ある程度内容が予測できるので、概略さえつかめば、余計なところを飛ばして引っかからずにすいすい読めるし、新しい情報はほんの少ししかないから、それだけ探せばいい」

デイヴは天を仰《あお》いだ。

「さようでございますか、今まで不勉強で知りませんでしたよ！」

そう大仰《おおぎょう》に叫びながらも、弟がちらちらと部屋の隅に目を走らせるのに、アーサーは気づいていた。

そこには、若い娘が二人。

彼らの下の妹であるアリスと、さっき庭で初めて会ったあの娘——禍々しいばかりの美しさを持つあの娘が談笑しているのだ。

いや、なぜ禍々しいなどと思ってしまったのだろう。こうして暖かい部屋の中、シックなグレイのスーツ姿で微笑んでいる娘は、そんな気配などみじんもない。

アリスも、さすがにツイードのパンツスーツに着替えてそれなりにきちんとした格好をしていた。

次々とやってくる客に闊達《かったつ》な笑顔を見せてそつなく挨拶している妹を見ていると、お転婆《てんば》ではあったものの、この妹は一族皆に好かれていたことを思い出す。

そして、少なくともこの妹のほうが、見てくれと家柄にしか興味のない、正直頭空っぽの上の妹、エミリアよりは数倍人を見る目がある。

見た感じ、アリスは自分が連れてきた東洋人の娘に全幅の信頼を寄せているようだった。そして、娘のほうも頭は空っぽではなさそうだ。落ち着いた物腰、優雅な気品、神秘的なみずみずしさ、そして何よりも瞳には深い洞察力を湛《たた》えているように思われる。

おやおや、俺としたことが、最大級の評価ではないか？

アーサーはそう思いついて苦笑した。さっきの異様な雰囲気に、まるで魔女のようだと感じたことなどすっかりどこかへ行ってしまっている。

ふと、娘がこちらを見た。目が合ってしまったらしい。娘は隣のアリスに何か囁いた。アリスもこちらを見て、ニカッと笑う。おいおい、馬じゃあるまいし、馬鹿みたいに歯を見せて笑うのはやめろ。

二人はワイングラスを持ってこちらにやってきた。どうやらソファに埋もれてタブロイド紙を読んでいる、辛気臭い兄の相手をする気になったようだ。デイヴが背筋を伸ばすのが分かる。

スラリとした黒髪の娘が近づいてきた。ほっそりとしたラインのグレイのスーツがよく似合っていて、タイトスカートの膝丈も完璧だ。小粒の真珠の二連のネックレスも、ネックラインとのバランスがよい。あの漆黒の宝石のような目がこちらにやってくるのに、アーサーは一瞬見とれる。娘はにっこりと笑った。

「お邪魔しても？」

「大歓迎ですよ」

立ちあがり、椅子を勧める。アリスが腕組みをして、兄の手からぶらさがっているタブロイド紙を覗きこんだ。

「アーサー、なんだかすごいもの読んでるのね。あたし、アーサーが『ザ・サン』を読んでるの初めて見たかも」

「俺もだよ」

デイヴが頷き、近くのテーブルのワインクーラーからボトルを取り上げ、恭《うやうや》しく二人のレディのグラスに注いだ。

「祭壇殺人事件。悪魔への供物。巷《ちまた》ではそんなふうに呼ばれているようね」

娘はチラッと見出しに目をやり、冗談めかした笑みを浮かべた。

「ほほう、お嬢さんも『ザ・サン』の記事に興味が？」

名前を呼びたいと思ったが、きちんと発音する自信がなく、一瞬「お嬢さん」と言うまでに間があったのを感じ取ったのか、娘は小さく頷いた。

「リーと呼んでください。アリスはきちんと呼んでくれますが、リセというのはなかなか発音しにくいと思うので。リー・ミズノで結構です」

完璧なクイーンズ・イングリッシュだった。

「リー・ミズノ」

口の中でそう繰り返してみる。

「アナベル・リーのリー」

娘はにっこりと笑った。

ゴシックロマンスにも興味があるらしい。久し振りにブラックローズハウスにふさわしい客人とでもいうべきか。

「ミス・リー」

そう澄まして先に呼んだのはデイヴのほうだった。

「美術史を修めておられると聞きましたが、どちらで」

ほほう、この弟に「修める」なんて語彙があったとは驚きだ。アーサーは、いきなり紳士っぽく振る舞い始めた弟を面白そうに眺めた。どうやら、エミリアが連れてくる友人には興味を失ったものとみえる。

「はい、ケンブリッジのダウアー教授のところで」

「美術史で、何かテーマは？」

アーサーが尋ねた。

「図像学に興味があります——紋章、シンボル、隠されたメッセージ、そういったものの全般について研究していきたいと思っているところですわ」

リセは淀《よど》みなく答えた。

成熟。二十歳そこそこだろうに、この娘には成熟がある。アーサーは、さまざまなセンサーを使って彼女を観察していることに気付いた。不思議と興味を駆り立てられる娘だ。それが、彼女の美しさや聡明さではなく、どこか別のところに対してのものだということにも気付いていた。

では、何に？

「うちのお宝の話をしたのよ。リセに是非見せたいと思って」

アリスが無邪気に笑うので、アーサーはたしなめた。

「おいおい、お宝ってなんだよ。見たこともないくせに」

「あら、アーサーはあるの？」

「俺だってないよ。だからおまえ、そんな、無責任なことを」

「『聖杯』と呼ばれるものがあると伺いましたわ。先祖代々伝わっていると」

リセは悪戯《いたずら》っぽい笑みを浮かべた。本気にはしていない、というサインだろう。アーサーは救われたような気になった。

「世の中に聖杯と呼ばれているものはゴマンとあります。うちにあるのは、ただの杯《さかずき》でしょう。長いこと伝わって、いや、はっきりいって屋根裏で忘れ去られているうちに『聖なる』という枕詞《まくらことば》がついてしまった。よくあることですよ」

「どちらにしても、そんなに古いもので、いわくがあるものなら是非拝見したいわ」

「あたしも見たいなあ。門外不出なんでしょ。年寄り連中でも見たことのない人がほとんど。今回は見せてもらえるって、もっぱらの評判よ」

アリスも興味津々だ。

そういえば、こいつの専門は考古学だったっけ、と今更ながらに思い当たる。

「このお屋敷の名前の由来も気になるわ」

リセはアリスを見て頷いてみせた。

「ああ、そうね。あたしもちゃんと聞いたことはなかったわ。アーサー、説明できる?」

「ブラックローズハウス」

デイヴが呟く。

リセの視線が、ちらっと部屋の中を泳ぐ。

アーサーはその視線が捉えているものに気付き、どことなく肌がざわつくのを感じた。

ブラックローズハウス。

その名の通り、小さな五弁の薔薇《ばら》の意匠が、屋敷のそこここにちりばめられている。だが、それに気付く客は少ない。これみよがしな紋章ではなく、本当に小さな、まるで見つけられるのを拒むかのような小さな意匠が、廊下の片隅や壁の真ん中に、ぽつりぽつりとアトランダムに刻《きざ》まれているからだ。

アーサーは子供の頃、いっとき熱心に探したことがあるが、あまりにも規則性がなく、気まぐれとしかいいようのない刻印に戸惑ったものだ。

「園芸には詳しくないんだけど、黒い薔薇ってあるのかしら？」

リセがアリスに尋ねた。

「それに限りなく近いものは出てるわね。昔から薔薇は品種改良が盛んだったけど、原種で黒はないんじゃないかな」

「この屋敷っていつからあるんだっけ？」

デイヴがアーサーを見る。

「前身――領地そのものは十六世紀くらいに遡《さかのぼ》るらしいな。この屋敷の前に、小さな城があったけど、長いこと打ち捨てられて、廃墟《はいきょ》になっていたのを壊して、この屋敷を造ったのが十九世紀中頃と聞いている」

「そんなに古かったんだー」

「もちろん、そのあともだいぶ手が入ってるよ。俺の子供の頃にも、一度大きな改修工事があったのを覚えてる。実はその時、さっきの『聖杯』もどきが出てきたようなんだ」

「ええっ？　ぜんぜん最近じゃない。道理で年寄り連中も見たことがなかったはずだわ」

アリスが声を上げた。

「うん、そりゃそうだろうね。それまでにも『聖杯』はある、とは言われていたんだ。だけどきちんとした記録が残ってなくて、別のものがその『聖杯』だとされてたわけ。だけど、改修工事の時に、専用の箱に入ったそっちが出てきたから、これが本来の『聖杯』だ、ってことになった」

「なるほどね」

「で、この屋敷を建てたご先祖は、どうやら女王陛下のプラントハンターだったらしいんだね。わが国の偏執的なまでの博物学趣味は周知のとおりだが、ご先祖は数年間、女王陛下の庇護《ひご》のもとに海外をめぐり、珍しい花を持ち帰ってきた。その中に、黒い薔薇があったというんだ」

「むろん、原種でってことね？」

「ああ」

アーサーはワインで口を湿《しめ》す。

「ご先祖はプラントハンターを引退し、女王陛下から賜《たまわ》った多額の退職金でこの屋敷を建てた。その時、持ち帰った黒薔薇を植えたというんだが、よくあるように、寒冷な上に痩《や》せた土のこの地では根付かず、全部枯れてしまい、今は跡形もないというわけさ。ただ、建築当時に主がつけた名前だけにその痕跡《こんせき》が残されている、というお決まりのパターン」

「『聖杯』を持ちこんだのも、その名づけ親のプラントハンターなの？」

アリスがグラスを舐《な》めながら尋ねる。

「それがよく分からない」

アーサーは首を振った。

「改修工事で見つかった『聖杯』は、なんでも、とんでもない場所から出てきたそうだ。工事の職人しか絶対分からないような場所。まあ、隠し場所としてはいいかもしれないが、そんな大事なものだったら、家の主ともあろうもの、保管状態にも気を配るだろうし、そもそも家を建てる時に『聖杯』のための場所をきちんと造りそうなものだろ？　だから、家ができてから誰かがこっそり持ち込んで隠したんじゃないか、というのが大方の見解だね」

「へええ。そんな由来があったのか。いよいよお宝の期待は高まるね」

デイヴは子供のように目を丸くしている。

リセは静かに聞き入っていたが、ふと、何かを思い出すような表情になった。

「このお屋敷――お屋敷そのものも、五弁の薔薇を象《かたど》っているのかしら？」

アーサーは驚いた。

「へえ、鋭いね。いつそのことに気付きました？　リー」

思わずそう話し掛けていた。

リセは首をかしげる。

「さっき。アリスと一緒に道に迷ってぐるぐる裏の丘をさまよっていた時に、お屋敷の全体像が目に入ったの。といっても、四つしかなかったけど、今の話を聞いて、もしかしたら、と」

「本当は、建物は五つあった」

アーサーは片手を広げ、五本指をぴんと伸ばした。

「北の館、東の館、西の館、羊の館、魚の館。この五つ。どの建物も同じ形で、上から見ると台形なんだ。それを花弁に見立てているということだろうな。だが、二十世紀初頭、西の館が原因不明の火災で焼けてしまった。だけど、なぜか再建はされていない。当時の財政的事情のせいだとも言われているが、よく分からない」

「池のあった場所かしら？」

リセが呟いた。

「ご明察。焼け跡を庭師が池に造り替えてしまったそうだ」

本当にこのお嬢さんはよく分かっている。

まるで見てきたかのように――いや、実際見てきたと言ったではないか――だが、そうではない。まるで、昔からこの場所を知っていたかのよう――かつて子供の頃ここに住んだことがあって、それを思い出しているかのようだ。

何を疑っているのだろう、とアーサーは自分に言い聞かせた。

相手は図像学を研究しているただの小娘。紋章、シンボル、隠されたメッセージ。そういうものを探すことに長けている学生なのだ。古い屋敷、ブラックローズハウスの名前の由来からそのくらい想像することなどたやすいはず。

不意に、頭の中で、スーッと横に移動していく黒い影が浮かんだ。

あの、林の中で見た異様な人影、異常な動きは何だったんだろう。

幻ではない。確かに見た。いや、この娘とは関係ないはずなのだが。

「それで、何を熱心にご近所の『祭壇殺人事件』の情報を集めていらしたの？」

リセがにっこり笑って話題を切り替えた。

いいタイミングで。

そんな言葉がアーサーの頭に浮かんだが、すぐに消える。

「世間のことに疎《うと》いんでね。最新の話題に慣れておこうと思って」

アーサーも、にっこり笑って切り返す。

「ロンドンでもその話題でもちきりだったわ。カルトと結びつけて説明してるところが多いみたい。やだ、ほんとにこの近くじゃないの。物騒だわね」

アリスが眉をひそめた。

ざわざわと、人の波が動き始めた。

影のようにその隙間を縫って、執事たちが空いたグラスを集めて回っている。

「どうやら、ディナーらしいな」

アーサーは大きく伸びをした。

「お宝はディナーで見られるのかな」

デイヴが囁いたが、アーサーは左右にゆるゆると首を振った。

「さあな。おまえだって、親父の性格は知ってるだろう。あのもったいぶるのが大好きな親父が、そうそう手の内を見せるとは思えないね」

が、デイヴは最後まで聞いていなかった。

立ち上がったリセの斜め前にサッと駆け寄り、真面目くさった顔で晩餐会《ばんさんかい》へのエスコートを買って出た様子である。

リセが長い睫《まつげ》をぱちくりさせ、次いでにっこり笑うのが見えた。デイヴの首がかすかに赤くなる。

やれやれ。まだその娘の正体は不明だぞ。気をつけろ、弟よ。

「さて、我々も出陣するとしようかね、妹よ」

アーサーはため息をつき、ジャケットの襟《えり》を直してアリスに声をかけた。

「アイアイサー、兄上」

アリスはまたニカッと馬のように歯を見せて笑う。

だから、その笑い方はやめろって。

アーサーは内心毒づきながら、妹と連れだって部屋を出て行った。

影が動く。

林の中で、黒い影が移動していく。

かれこれ日没になろうかという時刻だが、空は重い雲に覆われ、既に薄暗く、景色はぼんやりとした遠近感のないデッサンになり、モノと生き物の見分けがつかない状態である。

だが、その影はこの不確かなデッサンの中を迷うことなく静かに移動していた。遠くには、地面に生えているかのようなどっしりとした建物がそびえている。緩やかな丘陵に無造作にばらまいたかのような、四つの館が根をおろしているのだ。

整然と並んだたくさんの窓から漏れる明かりが、まるで獣が歯を剝《む》き出して笑っているかのように輝いている。

生きている館。丘の上の、一種グロテスクな嘲笑《ちょうしょう》。

影はその嘲笑をじっと眺めているように見えた。いや、それは分からない。すっぽりと頭が隠れるほどにかぶった黒いガウンの中は全く見えないからだ。

影はゆらゆらと揺れていた。

まるで幽霊のように実体が感じられない。

誰かがこの景色を見ても、そこに誰かがいるとは気付かないに違いない。それほど存在感のない影は、林の中でゆらゆらと揺れながら、モノクロームの景色にひっそりと溶け込んでいるのだった。


曇《くも》りのないグラスがきらきらと輝き、年寄りの退屈な口上はまだ続いている。

アーサーは内心欠伸《あくび》を噛み殺していたが、退屈な行事には慣れているので、退屈している様子を見せないことにも慣れている。

忍耐。この世の中でいちばんの美徳は忍耐だ。

アーサーは、長いテーブルを挟んで座っている人々の人形のような顔を眺めながら、いつもそんなことを考える。

見よ、この親戚連中を。誰もが皆「忍耐」という看板を頭に掲げ、退屈な独裁者である親父、一族の中心人物であるオズワルド・レミントンの声に耳を傾ける演技を続けている。忍耐第一のそんな演技に長けた、この有象無象の人々。

アーサーは途切れることなく四方山話《よもやまばなし》を続ける父親を眺める。

親父は年々猫に似てくるな。

でっぷりと太った父親の頬を見つめる。

あの膨《ふく》らんだ頬に猫の鬚《ひげ》が生えているところを想像する。実にぴったり。あのチョッキの下から先の膨らんだ灰色の尻尾が生えていても驚かない。

高齢者の比率が高いディナーの席で、ちらほらと若者が混じっている。しばらく見ないうちに、いとこの何人かはステディな相手を獲得していたらしく、知らない顔がとり澄ました面持ちで背筋を伸ばして座っている。

古いことは古い。とりあえず由緒がないわけでもない。それなりの名前はあるが、既に内情は有名無実で硬直化した一族に、果たして自分が加わって得するのかどうか。彼らの目だけが落ち着きなく周囲を見回し、一族を値踏みしていることが窺える。

が、その中で、アーサーの向かい側にデイヴと並んで座っている東洋人の娘は実に自然な様子で寛いでいた。

憮然《ぶぜん》として長話にうんざりした表情を隠そうとしないデイヴや、無表情な仮面をかぶっている客たちの中で、その自然さは特筆すべきことに思えた。穏やかかつ涼しげな笑みを浮かべ、興味深そうに話に聞き入っているように見えるなんて、なんと驚異的なボランティア精神を持つ娘なのだろう。

もっとも、それが本物のボランティア精神なのか、単なる彼女の演技力によるものなのかはまだ不明だった。だが、いくら既に街角や仕事相手にタフで洗練された東洋人を見慣れていたとしても——もはや中国人がミニを売ることに驚かないにしても——レミントン家の、しかもこのブラックローズハウスのディナーに、ここまで東洋人の娘が馴染んでいるというのは不思議な眺めだった。

確かに階級は存在する。非難されようと、差別的であろうとも、それは歴然たる事実だ。それは、意識無意識にかかわらず、その存在を皆が望んでいるからだ。ここにいる連中は、自分の階級が上位にあることを自認していることだろう。彼らは自分たちと同じ階級には敏感だ。自国の労働者よりも、遠い異国の上流階級のほうにシンパシーを覚える。

彼らは無意識のうちに、この東洋人の娘が自分たちの権利を侵害しない存在として認めているようだった。この綺麗《きれい》で優雅なお人形なら、部屋に置いておいても構わないのだろう。既得権としての階級しか持っていない連中ほどこの世に退屈な生き物はない。彼らは訪問者のいない博物館の骨董品《こっとうひん》。美しく展示するでもなく、売って金にするでもなく、ただ保管されているだけ。

だが、彼女はただの優雅なお人形ではない。この落ち着き払ったあまりの自然さがアーサーの心のどこかにさざなみを立てる。彼女のかすかな笑みが、どこかに不穏さを隠し持っているように思えてならない。

世間知らずのお嬢さんや、育ちのよさから醸《かも》し出される自然さなら知っている。しかし、彼女はそうではない。彼女はまるで美しい剣の鞘《さや》だ。中にはよく切れる刃が入っている。

なぜこうも気にかかるのだろう。

アーサーは娘をじっと観察した。

やがて、彼はひとつの結論に達した。

たぶん、俺は気配を感じているのだ——この娘の中に、「敵」の気配を。

なぜ「敵」などという言葉が浮かんだのかは分からない。いったい誰の、何の「敵」なのかも見当がつかない。だが、思い浮かべてみると、その単語はしっくりときた。

「——なんだよ、あれだけ長々と話して、お宝の話は無しかよ」

気がつくと、隣でデイヴが欠伸をしている。

退屈なディナーは終わって、人々はあちこちに散らばっていた。

「だから、言っただろ。初日からあの親父が手の内なんかさらすもんか」

案の定、親父はディナーのあいだ、「聖杯」にはひとことも触れなかったのだ。

客たちの顔に不満そうな色が浮かんでいるのをアーサーは見逃さなかったし、親父がその状態を楽しんでいることも把握していた。そここに、わざわざこの辛気臭い館に呼び集められた親戚たちの不穏な不満がくすぶっているのが見えるようだ。その不満に比例して、客たちの酒量が増えることは明らかである。

やれやれ、こいつはひともめあるぞ。

アーサーは内心ため息をつく。

それでなくとも、このところレミントン一族には不吉な不協和音が満ち満ちているのだ。

「ああ、いたいた、アーサー」

遠くから甲高い声が近づいてきて、アーサーはぎくっとした。

「デイヴも。探したわよ」

華やかな女性三人組が目の前に飛び込んできた。

鮮やかなピンクのスーツを着ているのは、上の妹エミリアだ。連れはどうやら彼女の仲間らしい。後の二人のワンピースはオレンジにグリーン。色覚検査の絵本みたいだ、とアーサーは思った。

エミリアは営業用（とアーサーが呼んでいる）の笑みを浮かべ、同じく人工的な笑みを浮かべた二人の娘をぐいと押し出した。

「紹介するわ、大学の友人なの。アマンダとジェニーよ」

「はじめまして」

アーサーはマナーに則《のっと》って恭しく挨拶をする。デイヴもそれに倣《なら》う。

決して悪くはない、とアーサーは観察する。

エミリアだってアリスに比べればずっと美人だし、あとの二人だってかなりの美人といっていい。エミリアは、「お仲間」を見つけることにかけては嗅覚に長けている。彼女たちはエミリアが「お仲間」にしてもいいと認めた「友人」なのだろうし、世間的にはこういうタイプに需要があるのだろう。

エミリアの立場もあることだし、アーサーはしばらく彼女たちの相手をする。デイヴの様子を見るに、あまり食指は動かないようだ。エミリアの友人二人は、見事なまでにエミリアとそっくりだった。その価値観、計算高さ、香水の趣味に至るまで。

「S研究所に入られるんですってね？　どういうお仕事をなさるの？」

エミリアは二人を兄二人に振り分けることに成功し、自分は姿を消した。

アーサーはアマンダのほうを引き受けさせられたようだ。一対一で対面すると、意外に受け答えはしっかりしていた。彼のほうも模範的回答を心がける。

「まあ、辛気臭い仕事であることは間違いありませんね。統計を取ったり、論文を集めたり、デスクワークがほとんどで、机上の分析が主な目的になると思います」

「大事なお仕事じゃありませんか。あまり目立たないけれど、S研究所は政府の政策決定に強い影響力があると聞いたことがあるわ」

「そんな話をどこから？」

アーサーは思わずアマンダの顔を見た。アマンダはきょとんとしている。

「お友達に、ジャーナリスト志望で新聞社でアルバイトをしている子がいるんです。その子がそんな話をしていたわ」

「それはまあ、買いかぶりというものですよ。僕は、大学院の勉強がそのまま横滑りしているようなもので、モラトリアムもいいところだ」

エミリアの通う大学にジャーナリスト志望の女の子がいるとは驚きだ。

「アーサー、今のうちに叔父さんたちにあいさつしとかないか？」

デイヴが声を掛けてきたのは、女性陣と離れたいがためらしい。アマンダの目に残念そうな表情が浮かぶのを横目で見ながら、アーサーはさりげなく感謝の視線を弟に送る。

ゆったりした客間ではそこここで社交が繰り広げられていた。そろそろ酒が進んできて、笑い声が大きくなってきている。

アーサーは用心深く周囲の談話に耳を傾けた。親父の真意を測る話題はもうひととおり終わったらしく、他愛のない一族のゴシップや儲け話、政治話などに移行している。

どうやら、あの話をしている者はいないようだ。もしかして、ここにいるほとんどの者はあの話を知らないのだろうか。

エミリアのもとに友人二人を送り届けると、兄弟はそそくさと酒を探しに出かけた。

自然と、足はアリスの笑い声のしている一角に向かっている。

そこだけほっこりと明るいのだけれど、一族の良識ある面々が近寄らないのが分かる。なにしろ、そこには一族でも変わり者と言われる三人とあの娘がいたからだ。レミントン一族はどちらかといえば権謀術数蠢《うごめ》く生臭い一族で、政治や経済のほうが得意分野だったはずだが、ここにいるのはそこから大きくはみだした三人だ。

栗色の天然パーマが波打っているキースはスタジオミュージシャン。歳の離れたいとこで、もはや五十近いはずだが、昔から年齢不詳で、一応三つ揃いのスーツを着ているけれど、そのポップさは隠しきれない。元々ロンドン交響楽団でコントラバスを弾いていたのだが、余技で作曲や編曲を手がけているうちに、メインの職業はそちらに転向。よく分からないが結構業界では名が通っているらしい。

その隣で針金みたいな長身の身体を折り曲げるように座っているのは、アレン叔父だ。いつもひきつったような笑みを浮かべるのだが、あれが彼の機嫌のいい時の表情なのである。こちらは歴史学者、しかも庶民の生活史が専門という変わり種だ。

その隣に、例によって馬みたいに大口を開けて笑っている考古学専攻の学生アリス。考古学とひと口に言っても相当にカバー範囲は広い。エーゲ海のほとりで遺跡調査をしているということ以外は知らない。

そして、その変わり者の中心にいて、話をリードしているのは意外なことにあの人形のような娘なのだった。

「お久しぶりです」

アーサーは、グラスを手に割り込んだ。変わり者たちであれ、いちばん楽しそうな区画だったし、こちらのほうが話が合いそうだったからだ。

「おう、アーサー。おまえも人並みに就職するんだってな。俺としてはおまえには一族の良心として、ここで仙人のような暮らしを送ってもらいたかったんだがなあ」

アレン叔父がガラガラ声で笑う。

アーサーは苦笑した。

「いくらなんでも、仙人になれるほど枯れてませんよ」

アリスがアーサーに顔を寄せた。

「今、面白い話をしていたのよ。リセが、ブラックローズハウスの由来は日本の花じゃないかっていうの」

「へえ？」

目をやると、リセはアーサーに向かってにっこりと笑いかけた。

「あたしね、絶対、ここを建てたプラントハンターのご先祖は日本に来ていると思うんです」

「ずいぶん自信がありそうだね」

「ええ。万年青《おもと》や椿《つばき》など、ヨーロッパでは何度か日本の植物の流行があったわ。万年青なんて、見た目は本当に地味な植物なんだけど、大ブームになって、ヨーロッパで品種改良が進んだのはよく知られている」

リセは講義でもするように人差し指を立てた。

「最初は黒百合かしらと思ったの。こちらでは黒い百合はあまり見かけないし、日本では百合は山に生えているから寒冷地でも育てられるんじゃないかと」

「ここの土地に持ち帰るとしたらね」

アリスが頷く。

リセは聴衆を見回した。

「でも、百合は六弁。ご存知の通り、ブラックローズハウスのマークは五弁の花。花弁が短いところも百合っぽくない。で、ふと思いつきました」

リセは小さなハンドバッグから手帳を取り出し、白いページを開いた。

「日本には家紋というものがあります。ヨーロッパにおける、紋章のようなものです。日本では、正装する時の上着にはこの家紋が入っている。戦場では、武将が自分の紋を旗に入れて敵味方を見分けました。その中に、このブラックローズハウスのマークに似ているものがあるんです」

「へえ」

四人は思わず身を乗り出す。

リセは五弁の簡略化された花を描いてみせた。

「あ、ホントだ。うちの窓や柱に刻んであるのと同じね。これは何？」

アリスが窓を見上げた。

「これは、日本の桔梗《ききょう》という花です」

「キキョウ？」

「ええ。秋の野に咲く、とても日本的な花。青紫の、清楚《せいそ》な花で、昔から愛されてきた花です」

「青いのか。黒い種類はないの？」

アレン叔父が眼鏡をずらし、リセの絵を覗きこむ。

「黒っぽいのもあります。でも、あたしが注目したのは黒い桔梗があるからではないんです」

「じゃあ、何？」

リセは意味ありげな笑みを浮かべた。

「桔梗の紋にはいろいろな種類があります。紋章にもいろいろな種類があるように」

彼女の手はするすると動き、手帳に描いた花を黒く塗り潰した。

「その中に、『陰桔梗』というものがあるんです」

「カゲキキョウ？」

「ええ。この桔梗を反転させた紋。すなわち、ダークサイドの桔梗です。もっと面白いのは、『裏桔梗』といって、花弁を裏側から見たものまであるんですよ」

「へええ」

変人たちは子供のように聞きいっている。

「ブラックローズハウスのブラックローズは、『陰桔梗』を意味しているんじゃないかと思うんです」

「ダークサイド？　レミントン一族の？」

キースがそう言って皮肉っぽく笑った。

ほんの一瞬、電流のような緊張感が走ったような気がしたのは、気のせいだろうか？

「さあね」

リセは肩をすくめて笑ってみせた。

「分かりませんわ。ただ――」

「ただ？」

アーサーは思わず鋭い声で尋ねていた。

リセはかすかに驚いた顔をしたが、冗談めかした笑みを浮かべた。

「日本で桔梗を紋に使ったのは、皆悲劇的な最期を遂げた武将だと言われています」


いつのまにか雨脚が強くなっていた。

丘を包む雨の音が、夜の重さに拍車を掛けている。

メインダイニングのある北の館の正面玄関では、三々五々客たちが出ていくところだった。ゲストルームは東の館と羊の館に振り分けられている。まだ客間で粘っている客もいるが、ほとんどの客は騒いだり欠伸をしたりしながらゆっくりと細い舗道を歩いていく。

車寄せの上に掛かる高い屋根は天井がアーチ形になっていて、てっぺんにランタンが鈍い光を放っている。

アーサーとアリス、キースとアレン叔父は並んで降りしきる雨を見上げた。

「寝に帰るのに、いちいち外に出るのが面倒だな」

「結構降ってるなあ。アレン叔父さん、傘を」

「ああん？　いらんいらん、そんなもん。自慢じゃないが、俺は十三歳以降傘を差したことがないぞ」

「自慢になりますかね、それって」

アーサーは樫《かし》の木の柄の蝙蝠傘《こうもりがさ》を叔父に差しかけたが、叔父は嫌がって外に出てしまう。

「あの別嬪《べっぴん》さんは？」

アレン叔父がきょろきょろする。

「デイヴがひと足先に部屋に送っていったわ。手紙を書くから先に戻らせてもらうって言ってた」

「まあ、とてもじゃないがデイヴには太刀打ちできるタマじゃないな」

アレン叔父は引きつった声で楽しそうに笑った。

確かに。アーサーは内心頷いていた。

「僕の部屋で少し飲むかい？　アレン、どうです？」

煙草をくわえたキースが三人の顔を見た。

アレン叔父は虫でも払うように手を振る。

「俺は読まにゃならん本があるんで戻る。借りものなんで、ここから帰ったら返さにやならん」

「コピーさせて貰《もら》えばいいじゃありませんか。管理室にコピー機がありますよ」

アーサーが管理室の方を指差すと、アレン叔父は鼻で嗤《わら》った。

「コピーすると、読まないもんでな。それどころか、コピーで読むと、原典が伝えようとしているはずの情報のかなりの部分がこぼれ落ちるんだよ。おまえもデータをこねくり回す仕事に就くんなら、それくらい覚えとけ」

「はい、叔父さん」

暗闇の中でも息が白い。

その息に、キースの吐く煙草のけむりが混じりあう。

「しかしまあ、ここもよく残ってるよなあ。殺風景だけど」

「あら、あたしここの景色好きよ、キース」

「まあ、趣《おもむき》がないわけじゃないけどね。子供の頃から知ってる眺めだし」

雨に、きつい煙草の匂いが立ちこめる。

「相変わらず忙しいの？」

「うん、まあね。ひたすら時間に追われてるよ。デジタルな作業は消耗する。さすがに最近徹夜はきついね」

「ロンドンはどう？」

「殺伐として、汚いよ。町並みといい、商売といい、ますます節操がない。ま、グローバル化って奴だね」

キースはポップなミュージシャンではあるが、淡々として温厚な男である。アーサーもアリスもこのいとこに子供の頃から懐《なつ》いていた。

アーサーはコートの襟を合わせた。かなり冷える。

羊の館までは歩いて七分ほど。

ようやくずっしりとした館が姿を現し、その明かりが見えてくる。

キースがぽつりと呟いた。

「僕もこの敷地内にスタジオでも建てさせてもらおうかなあ」

「えっ、このブラックローズハウスに？」

「うん。このあいだ、友人の造ったスタジオの写真を見せてもらったんだ。古い農家の納屋を改造した、とってもいいスタジオでさあ。そこでの録音を聴いてみたら、アコースティックの演奏なんかすると、なんとも柔らかい、まろやかな響きがしていいんだよ」

「スティングやジャミロクワイも田舎にスタジオ持ってるんでしょ？」

アリスが目をくりっとさせて言った。

「いっぱいいるよ、そういうミュージシャンは。今は、ちょっといいパソコンがあれば、一人でフルアルバム作れちゃうからねえ。地代が馬鹿みたいに高いロンドンより創作意欲が湧くってもんさ」

「わあ、いいじゃない、キース、造ってよ、スタジオ。あたし、アルバム作るところ見たいわ」

「西の館を再建してそこをスタジオにするっていうのはどうです？」

アーサーがふと思いついてそう言うと、キースはぎくっとしたように彼を振り向いた。

「西の館を？」

「ええ。池のところが元あった場所なんでしょ？　池を埋めるのはおカネ掛かるだろうけど、池のほとりに花弁を模して小さなスタジオを建てるっていうのは、ブラックローズハウスの元の姿を復元するっていう意味でも悪くないと思うけどな」

四人は何気なく闇の奥に視線を向けた。

そこに、かつてあった西の館の姿を探すかのように。

「西の館、ねえ。どうして再建しなかったんでしょうねえ、アレン？」

キースはアレン叔父を見る。

「ま、いちばんは財政的な理由だろうな」

アレン叔父はあっさりと答えた。

「当時の一族はあんまり景気がよくなかった。しかも、西の館の火災で、客と使用人が相当数亡くなったことで、世間からの評判は最悪。再建するどころじゃなかったんだろうな」

「火災の原因はなんだったんです？」

「分からん。漏電だとか、落雷だとか。放火だったという説もある。いちばんのスキャンダルは、半地下にある使用人たちの寝室のフロアの入口が外から塞《ふさ》いであって、みんな逃げられずに焼け死んだということさな。ま、放火説の根拠はこのことにあったのは確かだ」

「ひどい」

アリスが呟いた。

「ま、ことの真相は今も不明だ。当時は建材から出る有毒ガスの研究なんて知られてなかったからな。単に、煙が早く回って被害が大きくなったことが誇張されて言われてきたのかも知らん」

「客も亡くなったんですか」

「当主が呼んだ客が何人か亡くなってるはずだ」

「でも、別の説もありますよねえ」

キースが含みを持たせた口調で続けた。

「二十世紀初頭、当主はこの古いブラックローズハウスに、高い見積もりをつけさせて巨額の保険を掛けていた。確かに当時、レミントン一族は財政的に苦境にあったようです。要は、焼け太りですよ。そもそも建てた土地が湿地帯で、いちばん傷みの激しかった西の館を焼いてしまい、再建せずに保険金を財政改善に使ったというわけだ」

「ま、それくらいはするわな、我が家の御先祖は。まだ保険調査もそんなに厳しくなかったろうし」

「そんな話があったんだ」

アリスが何度も頷いている。

羊の館に着くと、身体はじっとりと雨に濡れていた。

アレン叔父は部屋に引き上げ、アーサーとアリスはキースの部屋で一杯やることにする。

部屋の隅に、エレクトリック・ベースのケースとポータブルキーボードが置いてあるところがやはりミュージシャンだ。

「ベースも持ってきたんだ」

「今はほとんどキーボードしか使わないけど、つい習慣でね。持ってないと不安なのさ」

キースの部屋は角部屋だ。角にL字形にソファが置いてあり、窓もL字形に大きく採ってある。キースはレースのカーテンだけを閉めていた。カーテンの向こうは、漆黒の闇で、何も見えない。

部屋は暖められていた。三人はコートを脱ぎ、グラスにウイスキーを注ぎ、無言で乾杯する。

「キースはどんなふうに言われて、ここに呼び寄せられたんですか？」

「呼び寄せられたとは、人聞きの悪い」

キースは苦笑した。

「驚いたことにロンドンの家に電報が来たんだ。今どき、電報だぜ？　何かと思ったら、オズワルドの名前で、ブラックローズハウスに来られたし、一族の将来に関わる重要事項なので必ず滞在するように、という脅《おど》し文句。まあ、オズワルド御大のことだから多少大袈裟《おおげさ》なんだろうけど、それでも尋常じゃない。一応探りを入れて他の親戚に聞いてみると、みんな半ばあきれつつも仕方なく馳《は》せ参じるという話。それじゃあ、とりあえず行ってみるか、と。ま、ちょうど仕事も切れ目だったし」

「迷惑な話だなあ」

アーサーは思わず顔をしかめた。元々、他人の都合など全く頓着しない父だ。さぞかし大騒ぎしてみんなを呼び集めたのだろう。

「で、君たちはなんていってオズワルドに召集されたの？」

キースは自分のグラスにウイスキーを注ぎ足した。

「そう、文字通り召集、よね。あたしなんか、突然トルコから呼び戻されたのよ。エーゲ海の明るい日差しの中で楽しく発掘作業をしてたのに。最初は無視するつもりだったけど、ママから電話があって、『今回はたぶんあんたにとっても大事な話だから、戻って来なさい』って言われたの。詳しくは説明してくれなかったけど」

アリスは両手を広げてみせた。袖から腕が覗くと、確かにエーゲ海の日差しでよく焼けている。

「そしたら、ほんとに一族みんなが来てるから驚いちゃった。でも、みんなロクに話を聞かされてないみたいね。ロバート叔父さんもカヤの外だったって、ずっとぷんぷん怒ってるわ。アーサーはどこまで聞いてるの？」

「俺もほとんど何も聞いてないにひとしいよ。『聖杯』を披露するという噂しか」

「オズワルドは『聖杯』をどうするつもりなんだ？」

「さあね。そもそも、『聖杯』なのかどうかも分からないのに。誰か見たことある人いるのかな。キースは見たことないの？」

キースは肩をすくめた。

「ないよ。僕は長いことレミントン一族には寄りついてないし」

「アレン叔父さんはどうだろう？」

キースは首をひねった。

「アレンだったら、見てるかもしれないな。一応、歴史学者だし」

「アリス、おまえも考古学者のはしくれだろ。見たら、お宝かどうか分かるか？」

「そんなのきっと無理よ、時代くらいは分かるかもしれないけど」

「鑑定してもらったことかあるのかな」

「オズワルドの性格からいって、鑑定してないんじゃないかな。もし鑑定して、二束三文の雑貨だったら困るだろう。一人占めして、一族に対する影響力を強めるのに利用したいだけなんじゃないか」

「だったら、お披露目なんかしないほうがいいんじゃない？　たいした価値がないもんだと分かったら、かえって自分の無知をさらすだけだし」

アリスは自分の父親のことなのに手厳しい。が、アーサーも同感だった。子供たちから見ても、父オズワルドは相当な俗物である。

「キースはいつまでここにいるの？」

アーサーが尋ねると、キースは首をかしげる。

「オズワルドの誕生日まではいなきゃならないんだろうな、今日の演説のあのニュアンスでは」

「ハロウィンまでってこと？」

「親父の誕生日がハロウィンっていうのは似合っているというべきか、似合わないというべきか」

「一族を集めるという割には、結構部外者の客も来てるね」

キースがふと思いついたようにアリスを見た。

「あの面白いお嬢さんをなんで連れてきたの？」

「んん、偶然よ。ママもいいって言ったし。賑やかなほうがパパも喜ぶって言って」

「それも妙な話だな」

アーサーは首をひねる。

一族の将来のかかった話に、全くの部外者、しかも奇矯《ききょう》なところのあるアリスの友人を連れてくる。そんなことを、よくあの両親が許したものだ。しかし、確かに今日の客を見たところ、知らない客が何人もいた。

いったい親父は何を考えているのか。

「彼女はいったいどういう素性《すじょう》の子なの？　どこで知り合ったの？」

アーサーはかねてより疑問だったことを口にした。

アリスは肩をすくめる。

「考古学の学会よ。前から見掛けて知ってはいたの。彼女は美術史だけど、考古学も関係ないわけじゃないでしょ？　優秀な学生だと評判だった。そのうち、話をするようになって、とてもうまが合ったってわけなのよ」

「家族はイギリスに？」

「ううん。高校時代からこちらに留学していて、そのまま進学したそうよ。複雑な家庭みたい。お母さんは彼女が生まれてすぐに他界して、子供の頃は日本でおばあさんに育てられたんだって。お父さんは別のところに住んでいて、日本とヨーロッパを行き来して商売をしているので、一緒に住んだことはないんだって」

「ふうん。凄く成熟した子だね。博識だし。てっきり、やんごとない家の子なのかと」

「あまり家のことは話したがらないわ。だけど彼女、ものすごく顔が広いのよ。このあいだ、たまたま一緒にシティを歩いてたら、いきなりどっかの紳士がリセにあいさつしてきてさ。あの人誰ってきいたら、クレディ・スイス銀行の支店長だって」

「何者なんだ」

アーサーの中の何かが、「やはり彼女は敵だ」と囁く。

なぜそう感じられるのかは、まだ分からない。だが、この直感はきっと正しい、と彼は心の底で呟く。

「バスルーム、借りるね」

アリスが腰を浮かせ、途中で止めた。

「あれ」

「何？」

「何か光った」

「え？」

アリスが窓を指さすので、キースとアーサーは振り向いた。

レースのカーテンの向こうの漆黒の闇。

アリスがカーテンを持ちあげる。

「ほら。誰かいるのよ」

丘の斜面の向こうに、こんもりとした林がかろうじて見える。

その中で、ちらちらと光が揺れていた。

「ほんとだ」

「懐中電灯の明かりじゃないか？」

弱々しいが、明かりは揺れながら移動していた。何かを探しているような、せわしない動きで行ったり来たりしている。

「警備員の見回りじゃないの？」

「こんな時間に？　見回りなんて、そんなことしてたっけ？」

明かりは動き続けていた。

同じところをぐるぐると回っていて、明らかにその動きは尋常ではなかった。

「やだ、気持ち悪い」

アリスが青ざめた顔で呟いた。

「警備室に電話しよう」

キースがパッと立ち上がり、内線電話を掛け始める。

「あ、羊の館のキースだ。うん、僕の部屋から、林の中をうろついている奴が見える。いや、懐中電灯の明かりだよ。人数は、分からない。酔っ払った客ならいいけど。でも、酔っ払って林の中で寝られても困るからね。うん、僕も行く」

キースは電話を切り、コートを手に取った。

「キースも行くの？」

アリスが不安そうな声を出す。

「うん、二人はここにいてよ」

「一緒に行くよ」

アーサーも立ち上がった。

「やだ、じゃあ、あたしも行くわ」

「おまえはここに残ってろ」

「一人で残されるのも嫌だわ」

結局、三人で出かけていくことにした。コートを羽織り、玄関口に行くと、間もなく二人の警備員が大きな懐中電灯を手にやってきた。

「見えました、向こうですね」

年かさの警備員が低く呟き、頷いてみせる。

「うん」

「どうします？　明かりを消して近づきますか？」

若いほうの警備員が尋ねると、年かさのほうは「いや」と言った。

「こっちが警戒してることを分からせたほうがいいだろう」

みんなで暗い丘の斜面を登り始める。

明かりは、遠いところでチラチラしていた。相変わらず落ち着きがなく、行き当たりばったりの動きをしている。

アーサーは呼吸が激しくなるのを感じた。

飲んだあとで登り坂というのもあるが、緊張しているのだ。

何か嫌な予感がする。

昼間見た、黒い影が頭をよぎった。

あの、人間とは思えないような素早い動き。木立の中を移動していた、あの幽霊のような動き。

「こっちだ」

「あそこに」

明かりを追って、林の輪郭沿いを進む。

闇が上下左右を包み、方向感覚が分からなくなった。

十五分。いや、二十分も走っただろうか。

「消えた」

皆が息を切らし、はあはあと闇に白い息を放ち、周囲を窺っていた。

しばらく目を凝らすが、明かりが見えなくなって五分は経つ。

「いなくなったみたい」

「どこかに潜んでいるのでは？」

「そうかもしれない」

一瞬、林の中で何かが点滅した。

「あっ」

「あそこだ」

光は消えなかった。林の奥の一点にずっと止まっている。

五人は固まって、林の中に進んでいく。湿った空気が頬を打ち、冷たい頬の内側ではどくどくと熱い血が流れているのを感じた。

「あれだ」

先頭を歩いていた警備員が、地面に置かれた大きなろうそくを懐中電灯で照らし出した。

炎がゆらゆらと揺れている。誰かが、火を点けてそこに置いておいたのだ。

「誰もいない」

周囲を見ても、人の気配はなかった。

やはり、もう逃げてしまったらしい。

「ここは何だろう。ここだけぽっかりと空いたスペースが」

キースが辺りを見回し、黒い影に目を留めた。

「やあ、こんなところに大きな石が。うちの敷地にもケルトの遺跡があるのかな」

そう言って、足を踏み出そうとした瞬間、彼は足を止めた。

「どうしたの、キース」

アリスがキースに近寄ろうとしたが、キースは「来るな」と叫んだ。

「キース？」

アーサーも近づく。

「見ちゃいけない。警察を呼んでくれ」

キースは硬い声を出した。

「まさか」

アーサーは、キースの肩越しに、闇の奥を覗く。

警備員の持つ、強力な懐中電灯が一瞬、闇を切り裂き、直方体をした石の上に載っているものを照らし出した。

元は人間であったもの。

そして、今は四角いトルソとなった、まっぷたつに切られた人間の胴体を。

【第3章】
スキャンダル

「静かだな」

男はふと、天井を見上げた。

深夜。雨の音も聞こえなくなり、しんと静まり返った空気が重く透き通っていくようだった。

「スタジオだしね」

ヨハンも頷いた。

「いや。遮断されて確保した静寂じゃない。この土地そのものが静かだ。本物の静寂は久し振りだな」

男はゆっくりと立ち上がり、入口のほうに歩いていった。この部屋は、元から納屋だったので窓はない。ヨハンは男の動作をじっと見守っていた。

「真っ暗だ。闇が濃い」

観音開きになった入口のそばに、小さな窓がついている。男は、そこから外を窺っているのだった。がらんとした玄関の向こうの闇。むろんそこには何もないし、何も見えないはずだ。

男はじっと動かない。まるで、誰かが来るのを待っているかのように。それとも、誰かが侵入してくるのではないかと恐れているかのように。

ヨハンは無表情にその背中を見つめる。寛いではいるが、いつでも飛びかかれるよう待機している野生動物のように。

男は突然踵《きびす》を返し、ゆっくりと歩いてヨハンの前まで戻ってきて、これまたゆっくりと腰を下ろした。

「――じゃあ、第二の事件のことも知らないんだな？」

「え？」

ため息のような男の台詞を聞き返す。

「連続殺人なのかい」

「ああ。事件の舞台になったのは、問題の村から少し離れたところにある、大きなお屋敷だ。でかい私有地でね」

「貴族の領地かな。この国の階級で言うところの」

男はかすかに首をかしげた。

「いや、生え抜きの貴族ではなかったと思う――上の方ではあるようだが」

「ふうん。階級、かあ。結構細かく分かれてるんだよね、この国の場合」

ヨハンはやや皮肉な感じで呟いた。

男は淡々と続ける。

「領地を維持していくのは、今日び大変だよ。どこも内情は苦しいんじゃないかな。そこは、なかなか利に敏《さと》い一族が運営してる屋敷だけど」

「その、殺人現場になったところ?」

「うむ。昔から、政治家や武器商人とつるんで黒い噂の絶えない一族だね。屋敷の歴史は古い。その名もブラックローズハウスと呼ばれている」

「おや、素敵だね」

ヨハンは目を輝かせた。

「名前もいいし、食いっぱぐれのないところに食いこんでるのも好感が持てる」

男は声を出さずに笑った。

「ともかく、あまり住人たちは遺跡には興味がなかったようだよ。E村と同じく私有地の中に古い遺跡が点在していて、調べていないものがたくさんあったそうだ。そんな遺跡の一つで、第二の死体が見つかったんだ」

「第二の死体と言うからには、やはり同じように切断されていたんだね」

「ああ。首と両手首が持ち去られ、胴体はまっぷたつ」

「被害者の身元は?」

「最初の被害者と同じく、まだ判明していない。今度もまた、三十歳前後の若い男だということしか」

「お屋敷で目撃者は?」

「さあ。いないらしい」

「いいね。もっと、そのお屋敷の話を聞かせてよ」

ヨハンはそっと身を乗り出して、微笑んだ。その目は不穏な光に輝いている。

＊

けたたましい犬の声で目が覚めた。

それも、一匹や二匹ではなく、訓練され、統率された犬たちの声。

アーサーは反射的に上半身を起こしていた。

隣のベッドでは、キースもぼんやりとベッドの上に起き上がっていた。

部屋の明かりが点けっぱなしになっている。

窓の外は明るいが、天気はあまりよくないようだった。レースのカーテン越しに、どんよりとした曇天が広がっている。

そして、開けた空間に、大勢の人間が動き回っている気配がある。

「ああ」

キースが肩を回してうめいた。

やっぱりキースも歳を取ったな、とアーサーは頭の片隅で考えた。朝日の中で見る年配のいとこの顔は、疲れもあってか老人のように見えたのだ。

俺もさぞかし間抜けな顔をしているだろうな。

どんよりとした顔を見合わせているうちに、唐突に昨夜の記憶がよみがえってきた。

おぞましい場面が、一瞬、フラッシュバックのように繰り返される。

夜の林。懐中電灯の明かり。

あの奥に入った。あの、暗い場所へ。

そこにあったもの。大きな石の上に載っていたもの。

背中を悪寒が走った。

はっきり見たわけではない。キースがいち早く気づき、遮《さえぎ》ってくれたからだ。

が、それは忘れようにも忘れられない。

あのおぞましい物体。異様な物体の輪郭。そこから醸し出される不気味な重量感と質感が頭に焼き付いて離れない。

人間だったもの。かつて生きて、動いていたもの。それが、ただのかたまりになって置かれていた。誰かが置いたのだ。あれに触り、あれを持ちあげ、あれを運んで、あれの重さを感じていたのだ。

そんなことがまともな感覚の持ち主にできるものなのだろうか。

アーサーはもぞもぞと動き、床に足を下ろした。

世の中には残酷な表現が溢《あふ》れている。映画でも現実でもシリアル・キラーたちが懲《こ》りずに出現し、信じがたい方法で人を殺しまくっている。しかし、目の前でその成果を見せられるというのは別だ。本当にそんなことをする奴がいて、そいつは実際にうちの敷地の中を横切って、あのおぞましいものを置いていったのだ。

再び、背筋がぞくっとした。

あれを発見したあと、全員が顔を見合わせた。

まだ近くに犯人がいるかもしれない。

真っ先に考えたのはそのことで、皆でかたまって家に引き返し、警備員は屋敷の主人（つまりは親父だ）や警備会社、そして警察に連絡をした。どうやら親父は警察への連絡に難色を示したらしいが、さすがに事態が事態なので承知したらしい。なにしろ、まだ敷地内に犯人がいるかもしれないのだ。家族や客を危険にさらすわけにはいかない。

警察が来るのは早かった。

サイレンを消し、静かにやってきたのは、やはりそう遠くない村で起きた例の殺人事件との関連を考えたせいだろう。翌日には、警視庁からも捜査員がやってくることは間違いなかった。

既に休んでいた客もいたので、死体を発見した数人と警備員と親父だけが呼ばれ、事情聴取を受けた。その間も、警官が付近に散っていったのは、初動捜査のためだと思われる。

むろん、周囲には見張りが付き、朝まで外に出ないように厳命される。

すっかり眠気が覚めたアーサーたちは、なんとなく気味が悪いので、アーサーはキースと、アリスはリセと同じ部屋で眠ることにしたのだった。

しかし、当然のことながら、あんなものを見て、あんなものを残して行った人物が近くにいるやもしれないと考えるとなかなか眠ることはできない。

アーサーとキースは、眠るのをあきらめ、事件について語り合うことにした。

「やれやれ、すっかり酔いも目も覚めたね」

ウイスキーを舐めてみるが、味がしなかった。

「なんか、変ですね」

まず奇妙なのは、彼らが目撃したあの懐中電灯らしき明かりだった。

明らかに常軌を逸した動きの、人目を引く明かり。

「あれは、どうみても、屋敷の中の人間の注意を引こうとしていたとしか考えられませんね」

アーサーは記憶を反芻《はんすう》する。

ぐるぐると懐中電灯を振り回し、狂ったように闇に躍っていた光。

「うん。特に、この館の我々の部屋の明かりは外からもよく見えていたはずだ。ここに我々がいたことは気付いていただろう」

キースが頷く。

「我々に気付いてほしかったことは確かですね」

「あれは、あの死体を放置していった人間がかざした光だろうか」

キースが確認するように尋ねる。

アーサーは首をひねった。

「いえ、それは分かりませんね。死体を放置した人間と、懐中電灯を振り回していた人間は別人かもしれません。たとえば、お屋敷にお宝があるかと泥棒がうちの敷地に忍び込んでいたとします。そいつが、林の中に潜んでいて、あれと遭遇した。そうしたら、どんな反応をしますかね？」

「まずは、泡食って逃げ出すね」

キースは肩をすくめた。アーサーは頷く。

「当然です。次に、我々と同じことを考えたはずです。近くに、こんなものを放置した犯人がいるかもしれない。もっといえば、そいつは犯人に出くわしたのかもしれない。真っ暗な林の中で、猟奇殺人犯と二人きり。どうします？」

「なるほど、だから慌てて懐中電灯を振り回したのか。我々に助けを求めたのかもしれないし、犯人を威嚇するつもりだったのかもしれない。とにかく、我々の注意を引くことで、近くにいるかもしれない犯人を追い払うのと、自分が逃げ出しやすくするのが目的だったと」

「だと思います。けれど、あれを放置した犯人が懐中電灯を振り回した可能性もある」

「なんのために？」

「それは、我々にあの死体を早く発見してもらいたかったからでしょう」

「こんな夜中に？」

「祭壇殺人事件」

アーサーは、タブロイド紙の見出しを思い浮かべながら呟いた。

「犯人は、死体を見つけてもらいたがっています。実際、祭壇殺人と呼ばれているあの事件では、非常に目立つところに死体を放置していた。見晴らしがよい丘の上に、村人に目撃される危険を冒して」

「確かに」

「犯人は、今回、うちの敷地内の遺跡に放置することを決めた時に、この辺りを下見しているはずです。普段はあまり人気がないこと、我々が遺跡に興味などなく、奴の『祭壇』がほったらかしになっていることも知っている」

アーサーはそっと窓を振り向いた。

窓の外で、誰かが盗み聞きしているような気がしたのだ。

無言の闇。

キースも、さりげなく窓の外を確認したのが分かった。誰だって、気味が悪い。

アーサーは平気な顔を装《よそお》って続けた。

「庭師や警備員が毎日見回っているとはいえ、敷地内を連日限《くま》なく回れるわけじゃない。特に、あの林なんか死角もいいところだ。僕たちだって、あんなところにあんな遺跡があるのを知らなかったくらいだし」

「うちの年寄り連中は過去より未来に生きるタイプだからな」

キースは苦笑いした。

「それは我々もたいして変わりないんですけどね」

アーサーはこほんと咳払いをする。

「とにかく、下手すれば誰も奴の『祭壇』にも『供物』にも気付かぬまま、あそこに放置されている可能性が高いと奴は知っていた。しかし、奴としては見つけてもらいたい」

「それで、あの懐中電灯か」

「奴は、今ならここに大勢の人間がいることも知っていた。だから、我々がここにいる間に『祭壇』に『供物』を放置することにした。今ならば、見つけてもらえる可能性が高いからです。夜にしたのは、目撃者をなくすためでしょう。さすがに昼間では、自分の作業が見とがめられるおそれがあるし、誰かが散歩しているかもしれない。ああやって光を振り回して注意を引けば、注目してもらえる可能性は高いし、自分は闇に乗じて逃げられる」

「なるほどね。そいつは、客が大勢ここにやってくることをどうして知ったんだろう」

キースは顔を曇らせた。

「まさか、うちの客の中に犯人がいるわけじゃあるまいね」

それはアーサーも考えたことだった。

村人にでも聞けば、ここについての情報は得られるだろう。いささか色眼鏡で見た、あまり評判のよくない噂話だって入手できるはずだ。だが、今回のパーティの件はどうだろうか。村で食料を購入している使用人たちから情報を得ているかもしれないけれど、あまり宣伝するような内容でもないし、実際しているとは思えない。客たちが続々やってくるのを見て、慌てて実行したとでもいうのだろうか。

「いや、ここに人が来るのを知る手段はいくらでもあります。出入りする使用人の様子を見れば、何かイベントがあるのに気付くでしょう」

アーサーは平静な口調を心がけた。

「ううん。どっちにしても、迷惑な話だな。うちの連中も、客たちも、痛くもない腹を探られるハメになるんだぞ」

キースはゆるゆると首を振った。

「そっちのほうが問題ですね。ただでさえうちは叩けば埃《ほこり》が出るような家だし、今も不穏な空気が漂っている上に、殺人事件ときた日には」

キースに言われて、現実に起きるさまざまな面倒がずっしりと肩にのしかかってきた。ロンドンに戻ったら、物見高い友人たちに質問攻めに遭《あ》うかもしれないし、第一、イギリス中が注目しているあの事件の第二弾とくれば、マスコミだって黙ってはいない。

「もしかして、タブロイド紙の連中がここにも押し寄せるってことかな」

キースは戦々恐々とした声で呟いた。

「そうならぬことを祈りますよ」

二人はそうした希望を胸に、ようやく夜明け前にベッドに潜り込んだのだ。

しかし、その希望は、欠伸を嚙み殺し、服を整えて館の玄関口まで出たとたん、いっぺんに打ち砕かれた。

「こいつは、凄い眺めだ」

キースが目を丸くする。

「ええ。ブラックローズハウス史上、最大の人口密度じゃないですかね」

アーサーも足を止めて目の前の光景に見入る。

丘の上を大勢の人間が歩きまわっている。

警官と、彼らの忠実なるシェパードたち。

TVドラマ通りに、そこここに張り巡らされている黄色いテープ。

「部屋に戻ったほうがいいよ、キース、アーサー」

そこに現れたのは、あきらめ顔のデイヴである。既に昨夜の惨劇については聞いたらしい。

「聞いたのか、ゆうべの話」

「聞いたよ。これから順ぐりに、ゆうべここに滞在していた人間全部に事情聴取だとさ」

「朝飯は？」

「そのうち誰かが持ってきてくれる。今、門のところと向こうの屋敷に、マスコミが押しかけて大騒ぎなんだ」

「なんだって。どうしてマスコミが知ってるんだ。事件はゆうべだぞ」

アーサーが驚くと、デイヴはうんざりした顔で手を振った。

「車寄せを見たら、驚くぜ。あんなにたくさんの警察の車を見るのは初めてだ。あれじゃあ、どうごまかしても、ここで何かあったと思わないほうが無理だ。E村はここから五キロと離れてないし、あの事件を追っかけてる連中が近くのB&Bにぎっしり泊まってるってこと、お忘れですかね」

キースとアーサーは揃って溜息をついた。わが国のタブロイド紙の紳士たち、八百《やお》万《よろず》の読者のために日々奔走する彼らがどんなに慎み深いかはよく知っている。

「かくてブラックローズハウスは『狂気の館』と化したわけか。そのうち観光コースになって、親父の蠟人形《ろうにんぎょう》がロンドンに立つぞ」

「名札に殺人犯と書かれていないことを祈るよ」

アーサーは、デイヴのズボンの裾に泥が跳ねているのを見とがめた。

「おまえは、朝飯にありつけたのか？」

デイヴは首を振る。

「いいや。なにしろ、何も知らずにのこのこ北の館に出かけていって、フラッシュでお出迎えさ。敷地内に潜り込んだパパラッチに出くわして、追いだすのに苦労したぜ。いったい何が起きてるのか分からなかった。スキャンダルになるような客が来てるのかと思ったら、庭に死体が転がってたってそいつに教えてもらった」

「なるほど」


「パパラッチですって？」


低く、鋭い声が背後から響いた。

アーサーはぎくりとする。

そうだ、すっかり忘れていた。俺が警戒していたあの娘。

「リー」

デイヴがパッと顔を輝かせた。

なるほど、我が弟は、兄よりもこちらが心配だったわけだ。

「大丈夫だった？　たいへんだったね、ゆうべは。君も発見者の一人だったんだって？」

デイヴがリセに駆け寄り、優しく声を掛ける。

「うーん、あたしは見ていないわ。アリスが」

「なんて騒ぎなの。うわ、シェパードがいっぱい。なんだか、警察学校みたいねー」

アリスが丘の上を行き来する警官たちに目を丸くする。

「そうなんだよ、警官とマスコミで、北の館は大騒ぎだ。今はあっちに行かないほうがいい。朝食は、各部屋に届けてくれるそうだ」

「まさか、こんな騒ぎになるなんて」

リセは、心なしか顔色が悪かった。

青ざめた表情で、窓の外を見つめている。

その不安そうな顔が庇護欲をそそったのか、デイヴは優しく彼女のそばに寄り添う。

「大丈夫、ここまではやってこられませんよ」

「ええ、そうね。なんだか怖いわ」

彼女のほうもデイヴにそっと身体を寄り添わせたのに、デイヴが顔の上気を押し隠しているのが見え見えだ。

しかし、アーサーは青ざめた顔の娘が別の意味で気になっていた。

彼女は明らかに、他人の視線を避けている。

パパラッチですって？

背中に聞いた低い声が耳に残っていた。

少なくとも、不安ではなかった。

アーサーはそう確信する。

その言葉の響きに含まれていたのは、別のものに思えた。

計算外のことが起きた。もしくは、まずいことになった、というニュアンスのような気がしたのだ。

スキャンダルになるような客が来てるのかと思った。

誰かがさっきそう言った。

そうだ、デイヴの台詞だ。

もしかして、弟の言葉は正しいのかもしれない、とアーサーは思った。


マクラーレン警部補とハミルトン刑事は、どちらも見た目は穏やかな学者タイプであり、それなりに身構えていたアーサーは気抜けした。

日頃TVドラマや映画で誰もが見慣れているはずの人物、子供の頃から知っているはずの人物なのに、本当は全く知らない人物であり、実生活ではまずお目に掛かることのない人物、それが刑事である。

「たいへんお待たせしました」

品よく撫でつけた灰色の髪と知的な灰色の目をしたマクラーレン警部補と、アフリカ系である長身でハンサムなハミルトン刑事が現れた時、アーサーは立ち上がりながら、むしろ「裏切られた」ような気がしたほどである。

ブラックローズハウスの猛々《たけだけ》しい朝はあっというまに過ぎた。

上空でバラバラという音がするのは、この連続殺人事件の素敵な舞台を俯瞰《ふかん》しようとしている新聞社かTV局、もしくは両方の飛ばしたヘリコプターであろう。

羊の館のキースの部屋で、キースとアーサーとデイヴ、アリスとリセは自分たちの事情聴取の順番を辛抱強く待っていた。

しばしの混乱の後に届けられた朝食は、いつもどおりの完璧なイングリッシュ・ブレックファーストで、彼らは普段よりも長い時間を掛け、言葉少なに朝食を摂った。

アーサーは不思議だった。

第一発見者である彼らのところに、いの一番に事情聴取にやってきてもよさそうなものなのに、なかなか現れないのはそれなりの理由があるのだろうか。

「どれ、そろそろ昼のニュースが始まる頃だな」

キースが時計を見て立ち上がり、TVのスイッチを入れた。

たちまち、見覚えのある――というより、実際には見たことがないが、知っているはずの光景が画面に浮かび上がった。

驚くほどたくさんの車と人間たちが遠巻きにだだっぴろい敷地を取り囲んでいる。

「――なるほど、確かに五弁の薔薇の形だな」

アーサーは思わず独り言を言った。

「LIVE」の文字に縁どられた映像は、今まさに彼らの頭上にいるヘリコプターから送られている映像らしかった。

空から見る現在のブラックローズハウスは、ゆるやかな丘陵に散った四つの台形をした屋敷である。そして、五つ目の花びらは欠けていた。本来花びらがあるべきであるところに、歪んだ楕円の染みのように見えるのが池である。

へえー、という奇妙な歓声が上がった。

「ふうん、こんなふうになってんのか」

「やっぱり、西の館を再建してほしいわね。どうも見栄えが悪いわ」

キースとアリスもそう呟くと、デイヴがその他人事のような口調にあきれ顔になった。

「全く、揃いも揃って世間離れした連中だな。もうちょっと他の感想はないのか」

アリスがむっとした顔でデイヴを見た。

「あら、どういう感想を持てばいいっていうの？」

「恐ろしい殺人事件が敷地内で起きたっていうのに」

鼻白むデイヴに、アーサーはのんびり呟いた。

「そうだな、これだけのお屋敷を今どきどうやって維持してるんだろうって、この映像を見て税務署員が余計な関心を抱かないことを祈るよ」

ふと、リセがじっと画面をくいいるように見つめていることに気付く。

上空からのブラックローズハウスの眺め。

彼女の目には、それこそ税務署員なみの、なみなみならぬ関心が窺えた。

図像学が専門だからか？　彼女の、この館に対する興味はそれだけとは思えない。

「どうして『南の館』じゃないのかしら」

「え？」

リセの呟きに、アリスが反応した。

「北の館、東の館、西の館。ときたら、『南の館』にしてもよかったんじゃない？」

「ああ、それはそうね」

アリスは大きく頷いた。

「でも、由来から言って、元々五弁の薔薇を模すことは決まってたわけでしょ。花びらの配置からいって、上の三枚にあたる花弁――北と東と西は確かにその方角を向いてるけど、残りの二枚って、厳密には南には位置してないような気がするの。だから、下の二枚は別の名前にしたんじゃないかな」

「ああ、なるほどね。確かに、南を向いてる花びらはないわね。そうね、理に適《かな》ってるわ」

リセは納得したように深く頷いた。

今朝、一瞬垣間《かいま》見《み》せた動揺したような表情はもはやどこにもなく、リセはまた普段の落ち着いた彼女に戻っていた。

あの動揺の原因はどこにあったのだろう？

アーサーはじっと彼女を観察した。

と、唐突に、恐ろしく大きな音で呼び鈴が鳴った。

みんなが一瞬腰を浮かせたほど、その音は大きく忌まわしかった。

「おお、おまちかねの刑事さんたちがやってきたらしいぜ」

デイヴが立ち上がり、部屋を出ると、エントランスホールにざわざわと複数の人間がやってきた気配があった。

デイヴが戻ってきて、一人ずつエントランスホール隣の、現在使っていない客間で話を聞くそうだ、と皆に告げた。

「アーサー、しょっぱなの御指名だぜ」

デイヴは顎をしゃくり、ドアのほうを指した。

分かってはいても、どきんとするものだ。なにしろ、事情聴取に慣れている人などなかなかいない。

アーサーは「行ってくる」と言うと、キースに頷いてみせた。キースも頷き返す。

「しっかりね」

アリスがエールを送ってくる。

エントランスホールでは、執事の一人と、警官とがぼそぼそと何事か話をしていた。

ホールの外にも、警官が立っているのが見える。

見張られているのは、外部からの侵入者なのか、それとも、ホールの内側にいる俺たちなのか。

アーサーは、急に息苦しさを覚えた。

思い切って客間に入ると、中に誰もいないので拍子抜けする。てっきり、刑事が待ち構えていると思ったのだ。無人の部屋は肌寒く、これまでに人のいた気配はない。

二人掛けのソファに腰を下ろして待つ。

午前中は警察犬が走りまわってドッグランかと思うほどの賑わいだったが、今は外も静かになっていた。

そこに、ドアが開いて二人の刑事が入ってきたのだった。

「お待たせしてすみません。午前中はオズワルド・レミントン氏とのお話に時間が掛かってしまいまして」

マクラーレン警部補の一言で、アーサーはすぐに事情を察した。

「ああ、親父がぎゃあぎゃあ言ったわけですね。即刻引き揚げさせろとかマスコミをなんとかしろとか」

二人の刑事は一瞬顔を見合わせてかすかに苦笑した。

「お父上は名士ですからね。いろいろご心配なこともおありでしょう」

ハミルトン刑事が些《いささ》か上品な言い回しでアーサーの言葉を補足した。

「でしょうね。タイミング悪く、ちょうど一族が居合わせてますし」

アーサーが頷くと、二人はもう一度静かに顔を見合わせる。

「何かパーティでも？」

「親父の誕生パーティですよ」

「お誕生日はいつです？」

「十月三十一日です」

「前々日からここに集まってるんですか」

「ええ。みんな、親父に『召集』されたんです」

「なるほど」

二人が深く頷くところをみると、我らが愛すべきオズワルド・レミントンの独裁的な性格を把握しているものらしい。まあ、一度でも対面すれば、まともな観察力の持ち主ならすぐに把握できるだろうが。

「それでは、遺体の発見の経緯をもう一度詳しくお聞かせ願えますか」

改まった口調で、マクラーレン警部補が尋ねた。

アーサーは承知し、努めてゆっくりと、キースと整理したことを順番に語っていく。

誰かが懐中電灯でアーサーたちの注意を喚起した、という点に二人は興味を示した。

「あなたたちに向かって、というのは確かなんでしょうか。偶然、あなたたちが明かりを発見した、というわけではなく？」

ハミルトン刑事が用心深い口調で尋ねる。

「いいえ、あれだけ激しく動く光をこちらに向けておいて、こちらが気付かないと考えていたとは思えません。僕らの部屋はレースのカーテンだけ閉めていましたから、夜はこの辺りは真っ暗ですし、絶対林の中から僕らがここにいることに気付いていたはずです。犯人なのか、別の人物なのかは分かりませんが、僕らに見つけてほしかったことは間違いないと思います」

アーサーは、そうきっぱり述べると、犯人は早く死体を発見してほしかったのではないか、というキースと考えた意見を述べてみた。

ハミルトン刑事は、やはり用心深く同意する。

「そのようですね。今のところ、ここ一週間、あの林の中に足を踏み入れた人間はいないようです。庭師が定期的にやってくるそうですが、直近で入ったのは二週間前です。むろん、その時には林の中に異状はなかった」

「これは、連続殺人事件なんですか？　例の――祭壇殺人事件と」

マクラーレン警部補の顔が少しだけ厳しくなった。

「今のところ関連ははっきりしていません。手口が似ていることは確かですが、なにしろ今日び、猟奇殺人の情報には事欠きませんから、模倣犯の可能性も捨てきれません」

「被害者の身元は分かったんですか？」

「現在のところは、まだ」

わずかな沈黙が降り、ハミルトン刑事が口を開いた。

「ここにいらしたのは？」

「昨日です。普段はロンドンで」

「どうでしょう、この辺りで怪しい者を見かけたということは?」

脳裏に、丘を移動する黒いガウンの人物が浮かんだ。

あれを怪しいと言わずして、誰を怪しいというのか。しかし、アーサーは一瞬、あの人物のことを口にするかどうか迷った。

が、デイヴも見ているし、黙っているのも変だ。

アーサーは決心した。

「実は、昨日、ここに着いたばかりの時に、おかしな人物を見ました」

「おかしな人物?」

二人の刑事がかすかに身を乗り出す。

「はい。すっぽりと黒いガウンをかぶっていました。まるで、ドルイドの僧侶のようでな。ですから、顔も年齢も性別もよく分かりませんでした。でも、林のところにいて、すぐに姿が見えなくなりました」

こうして口にすると、馬鹿げた目撃談のような気がしてくる。黒いガウンなど、時代がかっているし、安物のホラー映画の登場人物みたいだ。

「どのくらいのあいだ目撃していましたか」

「そうですね、十秒か、二十秒か——弟と追いかけてみたんですが、あっというまのことでした」

「では、弟さんもその人物を見ているわけですね？」

「ええ。二人で見つけて、追いかけましたが、すぐにいなくなってしまったのであきらめて引き返しました」

「あとでその場所を教えていただけますか」

「はい」

アーサーは素直に頷いた。反射的に窓の外に目をやっていた。

そうだ、あれは昨日のことだ。まだ二十四時間も経っていない。

そして、あの奇妙な人物を見失ったあとに、似たような黒いコートを着たあの娘に出会ったのだ。

「ところで」

マクラーレン警部補が、さりげなく切り出したのにアーサーは少し気付くのが遅れた。

「話は変わりますが、オズワルド・レミントン氏は誰かに恨まれるような覚えがあるとお考えでしょうか」

「はい？」

アーサーは慌てて顔を上げ、二人を見た。

が、そこに思いがけなく厳しい表情があるのを見て、ハッとした。

この二人は、知っている。

「どうでしょう。あなたからご覧になって、お父上はどなたかの恨みを買うような人物でしょうか」

アーサーは躊躇《ちゅうちょ》したが、小さくため息をつく。

「ご存知なんでしょう？」

アーサーは逆に聞き返す。

「何のことでしょうか」

マクラーレン警部補は白ばっくれた。

アーサーは小さく笑って手を広げてみせた。

「あの親父と対面して午前中いっぱいを費やしたのなら、もうお分かりのはずだ。あの俗物の独裁者が、他人はもちろん身内にも気持ち良く思われていないことなど」

「さあ。ご家族の事情までは存じ上げないので」

マクラーレン警部補はゆるゆると首を振る。

「親父は脅迫されていました」

アーサーは率直に言った。

二人の表情は変わらない。やはり、知っていたのだ。

「いつからです」

ハミルトン刑事が険しい表情のまま尋ねる。

「ここ半年ほど、頻度が上がったようです。これまでもちょくちょく来ていましたが、それとは違う人物かららしい。親父はそのことを僕たちには隠していましたが、お袋は知っていて、心配していました。僕はお袋から聞いていました」

「脅迫の内容をご存知ですか」

「いつもロンドン市内の消印で手紙が来るそうです。実物を見せてもらったことはありませんが、粗野なものではなく、むしろ教育を受けた、非常に理知的な手紙だけれど、そのうちに親父の命を貰う、という内容だったようです」

「お父上、あるいはお母上は、その相手に心当たりがあるようでしたか」

「どうなんでしょう。そこまでは聞いていません。親父のほうは、心当たりがありすぎて絞り切れないのかもしれない」

二人の刑事はまた素早く顔を見合わせた。

「実は、お父上から警視庁のほうに相談があったようです。執拗《しつよう》に脅迫されていると」

「へえ」

アーサーは驚いた。

「驚いたな、あの親父が警視庁に相談するなんて」

いや、逆に、あの親父らしいかもしれない。あんなに傲慢《ごうまん》に振る舞っているくせに、実はひどく臆病《おくびょう》なところがある。

「それが、奇妙な脅迫状でしてね」

マクラーレン警部補は一瞬、当惑した表情になった。

「ものすごく時代がかった手紙なんです。おまえの一族は呪われている、過去の罪によってじきに天誅《てんちゅう》が下るであろう、という、一種狂信的な雰囲気のものでして」

「えっ」

今度はアーサーのほうが、馬鹿げたホラー映画を見せられた高校生のような気分になった。

謎の黒いガウンの次は、呪われた一族に下る天罰か。

「お父上は怯えていらっしゃいましたよ。これが、いちばん直近――一週間前にお父上のもとに届いた手紙です」

マクラーレン警部補は、内ポケットから畳《たた》んだ紙を取り出した。

「僕が見てもよろしいんですか？」

「コピーです。現物は警察に」

「いえ、脅迫状を出したのは僕かもしれないと思わないんですか」

「それはどうでしょう」

マクラーレン警部補は、初めてちょっとだけ笑った。

「でも、あなたには見ていただきたい」

アーサーは手紙のコピーを開いた。

ぎくっとした。

そこには、見覚えのある小さなマーク。

五弁の薔薇。

「これは」

アーサーは思わず目の前の二人を見た。二人はじっとそんなアーサーの様子を見守っている。

「これは、ブラックローズハウスで使うレターヘッドだ」

「そのようですね。まあ、幾らでも偽造することはできるでしょうが」

「しかし」

なかなか、見られる柄ではない。この屋敷の中に入らない限り。

つまり、この手紙は、この屋敷のどこかから出されたということになる。

アーサーは背筋が寒くなるのを感じた。

指先が冷たくなっていくのを感じながら、彼は手紙を読んだ。

黒く、気取った書体で打たれた手紙。

オズワルド・レミントンとその一族へ

これまで幸甚にも生き延びてきた者どもよ。待ちに待ったその日が、過去の罪がついに清算される日が近づいた。おまえたちは次の誕生日を迎えることはないだろう。おまえたち呪われた一族は、おのれの血ぬられた歴史から報復を受ける時が来たのだ。おまえたちの黒い薔薇の館は、万聖節の朝、西の館の亡霊と共に暗い池に沈むだろう。

聖なる魚

【第4章】

アクシデント

当然のことながら、ブラックローズハウスに滞在していた客たちは全員漏れなく足止めをくらった。どちらにせよ、明日のハロウィン・パーティ（＝オズワルドの誕生会）まではここにいなければならないのだから、結果としては同じはずであったが、心情的にはかなり異なる。

しかも、彼らはさりげなく第一の事件の発生時のアリバイを確認されていた。つまり、我らがスコットランド・ヤードは、この事件が連続殺人である可能性と、ついでにこの中に連続殺人犯がいる可能性も考慮しているわけである。これは、ますます心情的には居心地のよくない状態であった。

一通り事情聴取が終了し、滞在客たちは試験の答え合わせのように、屋敷のそこここで互いに質問の内容を確認しあっていた。会話の通奏低音のようにくすぶっているのは、招待主への不満である。誕生会当日の招集であればこんな事件に出くわすこともなく、あるいは招待そのものがなくなってくれていたかもしれないのに。

遅い朝食だったため、本日の昼食はなしになった。代わりに、アフタヌーン・ティーの品数が増えるらしい。

もちろん、ここ羊の館でも答え合わせは行われていた。

場所は、再びキースの部屋の窓べである。

昨夜この場所で林の中の光を目撃した三人以外に、アレン叔父とデイヴとリセが加わっている。

オズワルドが脅迫されているという話はアレン叔父とキースも知っていた。デイヴとアリスは事情聴取の際に初めてそのことを聞かされ、ちょっとショックを受けていた。

なにしろ、あのワンマンな親父が警察に相談したというのだからただごとではない。

あのハンサムな刑事二人は、直近のおどろおどろしい脅迫状のレターヘッドがこのブラックローズハウス発であるということも皆に教えていた。恐らく、反応を窺っていたのだろう。もっとも、そんなものを使うような図々しい人間がそうそう素直に白状するとは期待していなかっただろうが。

レターヘッドの件は、皆を動揺させていた。もちろん裏の林での猟奇殺人も気になるが、そちらはしょせん「外側」の事件であり、たまたま地形の関係で祭壇に使われてしまったという印象が強い。

しかし、これは「内側」の出来事なのだ。誰か、すぐそばにいる人間、知っている人間が、強い悪意を抱いてオズワルドを脅している。彼が愛くるしい人間でないことは重々承知しているが、実際に気味の悪い文面を送りつけられていたというのは、やはり身内としてはショックだった。

「それにしても、あの時代がかった文面は気になるわね。なによ、『聖なる魚』って」

能天気なアリスが珍しく声を潜め、気味悪そうに呟いた。

「少なくとも、カネで騙されて逆上したような輩《やから》とは思えんな」

アレン叔父が煙草の煙をふうっと長く宙に吐き出した。

世の中は分煙・禁煙の流れであるが、ブラックローズハウスではまだ紫煙は健在である。

「ここの歴史をお勉強してるのは確かだね——わが一族の忌まわしい歴史と、この土地と館の記憶について予備知識がある」

キースもアレン叔父から煙草を一本もらい、火を点けた。

「あの池、魚いるの？」

デイヴが、もと「西の館」があったほうに視線をやった。今は殺風景な池になっているその場所で泳ぎまわる魚を、皆が思い浮かべていた。

聖なる魚。

そのサインは不吉だった。おどろおどろしい文面が蘇《よみがえ》る。

おまえたちの黒い薔薇の館は、万聖節の朝、西の館の亡霊と共に暗い池に沈むだろう。

『おまえたち』というからには、親父ばかりでなく、一族みんなが対象ってことになりますがね」

アーサーは座り直した。皆が彼に注目する。

「そもそもなんで『羊の館』と『魚の館』なんだろう。叔父さん、由来はご存知ですか？」

アレン叔父は首を振った。

「知らん。単にキリスト教的ネーミングだとしか」

「あの脅迫状と、裏の死体は無関係なんだよな？」

デイヴが念を押すように尋ねた。

皆が奇妙な表情で彼を見る。

「警察がいちばん知りたがってるのはそこんところだと思うよ」

キースが肩をすくめた。

「僕たちもだけど」

「しかし、幸か不幸か、『聖なる魚』ちゃんの予告する万聖節の朝にはゴマンと警察が居合わせるってわけだ。マクラーレン警部補は、予告を踏まえて警備するって言ってたし」

「偶然なのかな」

アーサーは呟いた。

ふと、頭に奇妙な図が浮かんだ。あの、猫に似た親父が、夜中にこっそり布に包まれたトルソを一輪車で林の中に運んでいくところだ。

強欲で、ひとりよがりで、わがままで、そのくせひどく臆病な親父。脅迫状の犯罪予告に死ぬほど震えあがっていることは、警察に相談したことからも窺える。親父が今回の誕生会を人里離れたブラックローズハウスで催《もよお》し、数日前から顰蹙《ひんしゅく》も承知で親戚連中を多数呼び寄せたのは、恐ろしかったからではないか。

「アーサー、あたしと同じこと考えてるでしょ」

アリスがちらっとアーサーを見た。

「つまり、パパは、あたしたちを楯《たて》にしてるってことよね。誕生日にひとりでいたくないばっかりに、親戚はもちろん、親戚でもない人間を多数呼び込んで、いざという時は自分を守ってもらうか、代わりに犠牲になってもらおうって魂胆なんじゃないかって」

アーサーは身も蓋もないアリスの口調に苦笑した。

しかし、彼女の言う通りだ。妙だとは思っていた。家宝である聖杯うんぬんを餌にして親戚一同を集めたのに、なぜあのケチな親父が関係ない客までどんどん招待しているのか。要するに、栖は多いほうがいいということなのだ。

「非常に説得力があるね。この非常召集の理由に納得したよ」

キースがあきれ顔と苦笑の入り混じった顔で頷いた。

「だけど、さすがに警察を呼び寄せるために、裏庭に、今流行りの死体まで置くようなことはしないだろう」

アーサーは、自分の考えていることを見抜かれていたので「ははは」と小さく笑った。

「正直、今想像しちゃいましたよ。自分で殺さないまでも、どこかの病院から死体を調達してきて裏庭に親父がこっそり放置して、懐中電灯を振り回して僕たちに見つけてもらうところ。これで大挙して警察がやってきて、厳重に警備してくれる。やれやれ、一安心。これこそが、まさに親父の望んでいた状況なんじゃないかって」

「妙にリアリティがあるな。あいつならやりかねん」

アレン叔父がぼそっと呟いた。

「ごめんね、リセ。なんだか妙なことに巻き込んじゃって。こんなことなら招待するんじゃなかったわ」

アリスが情けない顔でさっきから静かに話を聞いていたリセに向き直った。

リセは驚いた顔をし、笑顔で首を左右に振る。

「そんな。ここに来られてよかったわ。それに」

なんとなく、皆が彼女に注目した。この娘には、自然と衆目を集めてしまうところがある。

例によって、彼女は非常に冷静に、淡々と言葉を続けた。

「これまでのお話を聞いた限りでは、その脅迫状を出した人は、そういうオズワルド氏の性格もよく把握している気がするの。だから、氏がひとりになりたがらず、多くの人を周りに呼び寄せることを予想しているんじゃないかしら」

なぜか、その言葉は皆をゾッとさせた。

「つまり？」

アリスがかすれた声で聞いた。

リセは静かに答える。

「だから、その犯人は、いつもより多くの、あまりよく素性を知られていない招待客の中に紛れ込んでくるという手を使うんじゃないかしら——あたしだったら、そうするわ」

あたしだったら、そうするわ。

彼女の言葉が、まだふわふわと目の前を漂っているような気がした。

なぜわざわざあんな台詞を口にしたのだろう。下手をすれば、彼女自身疑われかねないような台詞なのに。

テーブルの上に飾られた白い薔薇が美しい。

野菜と果物のサンドイッチ、スコーンにビスケット、クリームにジャム。

不穏で豪華なアフタヌーン・ティーには、客たちのほとんどが詰めかけていた。

どうやら、事情聴取を受けた親戚たちは、先程のアーサーたちと同じような結論に達したようである。オズワルドが脅迫を受けており、その予告日が誕生会の当日であると知らされては、自分たちがなんらかの巻き添えを食うことを黙認、あるいは期待されているのだと考えても不思議ではない。

アーサーはいつも通り隅のソファを選び、じっと客たちの様子を観察していた。

そここで憤懣《ふんまん》やるかたない囁きが漏れている。皆、表情が険しい。が、怒りというのは結構前向きなもので、裏庭で無残な死体が見つかったという、恐怖と不安に満ちた今朝の雰囲気に比べれば、むしろ人間らしい活気が感じられた。

むろん、オズワルドは現れない。今ここに現れたら袋叩きもいいところだ。今夜のディナーはさぞかし和やかな雰囲気になることだろう。

アーサーは立ち上がり、ふと思いついて図書室に向かった。

文化人が少数派である一族には読書家は少なく、あくまで飾りみたいな図書室だ。

しかし、そこには立派なデスクがあり、便箋《びんせん》と封筒が備え付けてある。

図書室に入ると、ひんやりした空気が顔を打った。使われていない部屋特有の、澱《よど》んだ雰囲気の中に進んでいく。

堂々たる書きもの机の前に座り、引き出しを開けてみる。

そこには、使われた気配のない便箋と封筒がひっそり収まっていた。

五弁の薔薇のしるしの入ったレターヘッド。

いちばん上の紙は端がかすかに丸まっているので、長いあいだ誰も手を触れていないことが窺える。

何かの行事でもない限り、この便箋を使うことはめったにない。様子を見て、ロンドンの文房具屋に発注しているはずだから、そんなに大量に出回るものでもないだろう。

しかし、ここに来たことのある人間ならば、図書室だけでなくゲスト用の客室にも備え付けてあるので、二、三枚持ち去ることは極めて簡単である。

入手経路からはあまり期待できないな。

そう考えながら、アーサーは客間に戻った。

そこでは、大柄なロバート叔父が、顔を紅潮させ、何事か部屋の真ん中で演説をぶっている。

「――つまりは、そういうことなんだ。別に先祖代々のお宝なんてありゃしない。単に我々はオズワルドの護身のために集められただけで――実に身勝手なことこの上ない――遠来のお客もおられるというのに――こんな危険で無礼な目に晒《さら》すことなどもってのほか――ひととおり事情聴取も終わっているし、我々はもうここから引き揚げるべき――」

切れぎれに聞こえてくるのは、ごもっともな意見である。周りの人間も、しきりに頷いて同意していた。

ロバートとオズワルドは、いちばん歳の近い兄弟ながら犬猿の仲である。

どちらかといえば几帳面かつ癇性《かんしょう》のロバートは、大雑把で強引なオズワルドとは子供のころからことごとく合わなかったらしい。しかし、先祖代々の同族会社の常として、ふたりは同じ会社の経営者と常務であり、嫌でも協力せざるを得ない状況に置かれてきた。どちらかといえば、オズワルドのほうはそんなにロバートのことを気にしていないが、ロバートのほうが兄に対してかなり屈折した感情を抱いてきたようである。

それも、無理はない。思いこみと思いつきでいろいろなことを始めてしまうオズワルド、そのくせ逃げ足も速く、状況が自分に不利と見るやサッサと逃げだすオズワルドの、さまざまな後始末や尻ぬぐいをさせられるのは、いつもロバートだからだ。そのことをロバートは恨みに思っている。

しかし、ある意味、経営陣としては正しい組み合わせではないか、とアーサーは思う。

この二人の組み合わせが逆ならば会社は立ち行かないが、フットワークが軽くチャレンジャーであるという気質は経営者としてそんなに悪いものではないし、几帳面な弟が支えているからこそ彼もそう振る舞えるのだ。また、そういう兄がいるからこそ、文句ばかりは言うが、自分では決して何も新しいことなど始められない弟の存在意義があるというものである。

つまりは、持ちつ持たれつなのだが、古くからの教えにもあるとおり、血の繋がった兄弟であるからこそ、歳月を経て蓄積された感情のもつれは恐ろしい。

ある日オズワルドがロバートに背後から刺されても、別に俺はロバート叔父を恨みはしないな、とアーサーは思うのだった。むしろ、あの親父を刺して刑務所に入ることのほうがよっぽど叔父に申し訳ないし、気の毒だ。

ふと、目の前にもわっと甘ったるい匂いが漂ってきたので、アーサーは我に返った。

「私たち、帰してもらえるんでしょうか。とんでもないことになってしまいましたわね。なんだか、怖いわ」

上目づかいのやや潤《うる》んだ目がそこにあって、ちょっとびっくりする。

ええと、これは、アマンダだ。今日もやけに目に鮮やかなグリーンのスーツを着ている。最近のエミリアの学校の流行りなんだろうか。

「申し訳ありません、お客様をこんなことに巻き込んでしまって。さぞかし嫌な思いをされていることでしょうね」

アーサーは慇懃《いんぎん》に彼女に頭を下げた。

いいえ、そんな、とアマンダは慌てた声を出す。

アーサーは精一杯、誠実な表情を作ってみせた。

「確かに、ロバート叔父の言うとおり、もう裏庭の事件の事情聴取は終わっていることですし、皆さんが引き揚げても誰も文句は言わないと思いますよ。なるべく早く帰れるよう、僕も頼んでみます」

「とんでもない。あれだけ警察の方が来ていて警備もしっかりしているんですもの。かえってここにいるほうが安全だと思います。それに、私、せっかくお知り合いになれたのに、もう帰ってしまうのは残念ですわ」

アマンダはにっこり笑ってみせる。どうやら、彼女はブラックローズハウスを舞台にしたゴシックロマンスのヒロイン役を務めることにしたらしい。猟奇殺人、呪われた館、そこで出会ったうら若き男女、というわけだ。

「あちらでお話ししません？　もう少し、お仕事のことを伺いたいわ。お友達が、あなたがお勤めになる研究所に興味を持ってるってお話、しましたよね？」

アマンダは、静かな隅のソファに目をやった。

アーサーは迷った。あのね、君はこの映画にはクレジットされてない。一度か二度はアップのシーンがあるかもしれないけど、たぶんそれだけだ。

その時、ポン、と激しく肩を叩かれた。

「よう、アーサー。就職決まったんだってな。おめでとう」

そう苦虫を嚙み潰したような顔で言うのは、ロバート叔父である。

「ありがとうございます。どうでした、事情聴取。本当に、お客様たちを今日じゅうにお帰しできますかね？」

「俺は帰る。兄貴のボディガードなんてさせられてたまるか」

アーサーは、アマンダに小さく会釈して、ごく自然に、ロバート叔父と共にホームバーのカウンターに向かった。

アマンダの不満そうな顔が視界の隅に残ったが、エンドロールに名前が載るといいね、と内心呟く。

ロバート叔父は、カウンターの中に入り、壁に造りつけの棚に載っている、大仰なガラス瓶に入った高級ウイスキーを無造作に手に取り、ロックグラスにどぼどぼと注いだ。

「だけど、あのクソ真面目な刑事たちは、明日いっぱいはいてもらわなきゃ困ると言うんだ。ばかばかしい。兄貴ひとりをどこかに隔離して、警備してりゃいいんだ。こんなに大勢巻き込むなんて、どこまで勝手な奴なんだ」

ロバート叔父は癇癪《かんしゃく》を爆発させていた。こうなると、彼の顔は赤くなったり、青くなったり、くるくると表情が変わって手がつけられない。

「でも、どうなんでしょう。叔父さんだったら、親父のことを本当に恨んでいそうな相手、薄々見当がついてるんじゃないですか？　なにしろ、ちゃんと会社のことを客観的に把握できるポジションにいるのは叔父さんだけなんですから」

アーサーはさりげなくお世辞を言った。

それは、ロバート叔父の心のあるツボを突いたらしい。やや表情が和むのが分かった。

もう一押し。

「それに、あの脅迫状の内容を見たでしょう？　あれは、単なるチンピラというより、うちの内情をよく知ってる人の文章です。元々臆病だけど、あの親父はチンピラを気にする人じゃない。今回の、この怯えようは尋常じゃない。なりふり構わず僕たちを呼びつけてることからもそれは確かです。ひょっとして親父は、送り主のことをよく知ってるんじゃないですか？」

ロバート叔父の目が静かになり、何か考える様子になった。

グラスを弄《もてあそ》び、もごもごと呟く。

その目が宙を泳いだ。

「確かに。もしかして——いや、まさかね。まさかあの娘が」

「え？」

ロバート叔父はぐい、とグラスを呷った。

「おやっと思ったんだ。なんでこんなところにいるんだろうと。いや、しかし」

「誰のことです？」

叔父はふっと顔を上げた。

アーサーを通り越して、その目はどこか遠くを見ていた。

アーサーはそっと振り向いてみる。しかし、そこには大勢の人々が動き回っていて、叔父が何を見ているのかは分からなかった。

が、次の瞬間、アーサーは、叔父が何も見ていないことに気付いた。

叔父は、ぶるぶると震え、みるみるうちに顔が土気色になった。

「叔父さん？」

目が大きく見開かれ、著しく充血していくのが分かる。

口元に泡が漏れ、おかしな色の液体が流れ落ちた。

「叔父さん！」

アーサーは叫んだ。

くずれおちる叔父の身体を受け止める。

みんなが一斉にこちらを振り返るのが分かった。部屋が静かになり、同時に、何か激しい音が響いたようにも思えた。

「誰か！　医者を呼んでくれ！　警官も！」

アーサーは叫んだ。

次の瞬間、悲鳴と怒号が溢れ、みんなが動き出し、部屋は騒然となった。

「早く！」

視界の隅から、デイヴが飛んでくるのが見えた。

早く。

アーサーは、声にならない声で叫んだ。

叔父の身体は、とてつもなく重く、ずぶずぶとアーサーの上に倒れかかってきた。

彼は、このまま自分が叔父の身体ごと、地面に向かって沈んでいってしまうのではないかという恐怖を覚えた。

＊

「毒？　毒だって？　ウイスキーボトルの中に？」

ヨハンは身を乗り出し、目を輝かせた。

「そう。すぐにボトルが調べられた。名前は忘れたが——ええと、亜砒酸《あひさん》？　それとも砒素《ひそ》だったかな？——が相当量入ってたらしい」

男はヨハンが思わぬ興味を示したので、やや面くらったように口ごもった。

「ふうん。そのボトルはむろん開封されてたんだろうね？」

ヨハンは好奇心を隠さない。

「ああ。なにしろああいうお屋敷のバーコーナーだから、開封したボトルからやたらと重たい、ゴージャスなカッティングの入ったデキャンタボトルに移してあったようだよ。他の酒の瓶には異状はなかったらしい」

「まあ、誰でも普通、開封してある酒から飲むものね。デキャンタに移してあるのなら、なおさらだ」

ヨハンはテーブルに置いたワイングラスをじっと見つめた。

男は、居心地が悪いかのようにもぞもぞする。

ヨハンはワイングラスから目を離さずに呟いた。

「たとえば、僕がここで作業することを知っている人間が食料庫のワインボトルに毒を仕込んでおく。これはなかなかいい手かもしれない。なにしろ、毒がいちばん得意なのは、寡黙《かもく》で時限爆弾たりえるところだ。毒を仕込んだ人間は、遠くに逃げおおせることができるしね」

「まさか」

男は自分のグラスにちらっと目をやった。

ヨハンは小さく笑う。

「大丈夫だよ。僕が飲んだのを見たろ？　とりあえず今のところはピンピンしてるよ」

そう言って、自分のグラスと男のグラスになみなみとワインを注いだ。

「ずいぶん、毒に興味があるようだね」

男は言外に皮肉を込め、ヨハンの顔を見た。

「大いに」

ヨハンは屈託ない表情で頷く。

「当然だろ？　身の回りには毒物が溢れてる。そもそも、自然界にだって。薬のほとんどは毒だよ。単に量や使い方が違うだけで同じものさ」

「そりゃあそうだ」

男はそっけなく同意した。ヨハンは微笑んだ。

「僕は毒を使う人間に興味があるんだ。毒を盛るっていうのは、意外とむつかしいもんでね。よほど周到に準備しないと、めぐりめぐって自分のところに戻ってきちゃったりするんだ。僕は、あさはかで気まぐれに毒を使おうとして自滅した人間を何度も見たことがある。あらゆる可能性を考慮した上で完璧に管理できる自信がある人間にしか、毒を使う資格はないね」

「それはまるで、君のことを言っているみたいだねえ。いや、君にこそ毒を使う資格があるというべきかな」

「それは嫌味？　それともお褒《ほ》めの言葉？」

「もちろん、褒めてるのさ」

「ありがとう」

ヨハンは乗り出していた身体を引くと、椅子の背にもたれかかった。

「で、毒を盛られた人は死んだの？」

男はゆるゆると首を振った。

「いや。なにしろ、周囲に警察官がゴマンと待機していたし、その中には医師もいた。処置が早かったのが功を奏して、一命はとりとめたようだよ」

＊

一時騒然となり、パニックに陥《おちい》った客間は、ようやく静寂を取り戻しつつあった。客たちはとりあえず平静さを取り繕い、おとなしく自分たちの部屋に帰っていった。

客間は、奇妙にがらんとした虚脱感に包まれている。

部屋の隅で、気まずい沈黙を共有しながら、五人の人間が疲れた表情でソファに腰かけていた。

アレン、キース、デイヴ、アリス、リセの五人は、再び事情聴取に連れていかれたアーサーが戻るのを辛抱強く待っていたのだ。

「これはあたしがトルコで買ってきたワインだからご安心を」

アリスが、赤ワインのボトルを皆に見せ、封がしてあるところとラベルを確認させた。

皆がちらりと、現場保存ということで封鎖されたバーコーナーに目をやる。

「当分、ここに来た客は人んちで封の切ってある酒は飲めんだろうな」

アレンがぼそりと呟いた。

そう、この虚脱感は、恐怖の反動だ。本当の恐怖はこれからやってくる。誰もが口にする可能性のあった毒。その事実は、人々の手に触れるものすべてに疑惑を与える。空気のように感じていた全てのものに不審の目を向けさせるのだ。

「まさしく、恐怖の館になったわけだ。林の中の忌々《いまいま》しい死体はまだ『外部の』事件だったけど、こうして悪夢は家の中に雪崩《なだ》れ込んできたと」

キースが呟き、アリスからボトルを受け取って器用な手つきで開け始める。

「でも、これは別の事件でしょう？」

デイヴが不満そうな声を上げた。

「親父の脅迫事件と、例の祭壇殺人は全く別の話だ」

「そうかな」

キースは首をかしげた。

「関係あるっていうんですか」

デイヴは不満げな様子を隠さない。

キースは肩をすくめる。

「いや、関係ないとは思いたいよ。だけど、逆に、こんなにタイミングよくうちの裏の林であんな事件が起きるっていうのも妙じゃないか？」

「確かにすごい偶然だけど、向こうは我々が来る前から起きてた事件だし、関係あると考えるのも無理があると思うな」

「とにかく、さっきの事件で、これは『あたしたちの』事件だということははっきりしたわけね。世間で猟奇的連続殺人が起こっているのと同時に、『あたしたちにも』事件が起きていることは明らかだわ」

アリスが二人のあいだに割って入るように言った。

みんなが頷く。

「脅迫状は伊達じゃあなかったわけだ。あのウイスキーの封を切ったのは昨日だという話だ。その中に、明白な殺意を持って、ここにいる誰かが毒を盛ったんだからな。レターヘッドの件といい、相当な悪意の持ち主だよ。誰が飲んでいても不思議じゃなかった」

アレンが不快そうな顔で周囲をぐるりと見回す。と、憔悴した顔で戻るアーサーを視界の隅に認め、手を振った。

「おう。アーサー王のご帰還だ」

「こっちよ、アーサー。お疲れ様。相当こってりやられたようね」

アリスが大きく手招きをする。

「叔父さんは？」

アーサーはどさりとソファに腰を下ろし、アリスの渡したグラスに口をつけようとしてハッとした。

「大丈夫よ、あたしがトルコから持ってきたお酒だから」

兄の目が泳ぐのを察知して、ボトルを見せる。アーサーは苦笑した。

「やれやれ。酒を飲む楽しみが半減するね」

「逆に危険な楽しみが増すかもしれんぞ」

アレンがにやりと笑った。キースが後を続ける。

「医者がそばにいて命拾いしたよ。ロバート叔父さんは、今は容体が安定して、命の危険はとりあえず去ったらしい」

「そいつはよかった。あのまま逝《い》かれたんじゃ、一生悪夢を見そうだよ」

アーサーは珍しく弱気な声で呟いた。

叔父が倒れこんできた時の異様な重さが、身体の奥に鈍く残っている。

「警察には何を聞かれたの？」

アリスが待ち切れないように尋ねた。

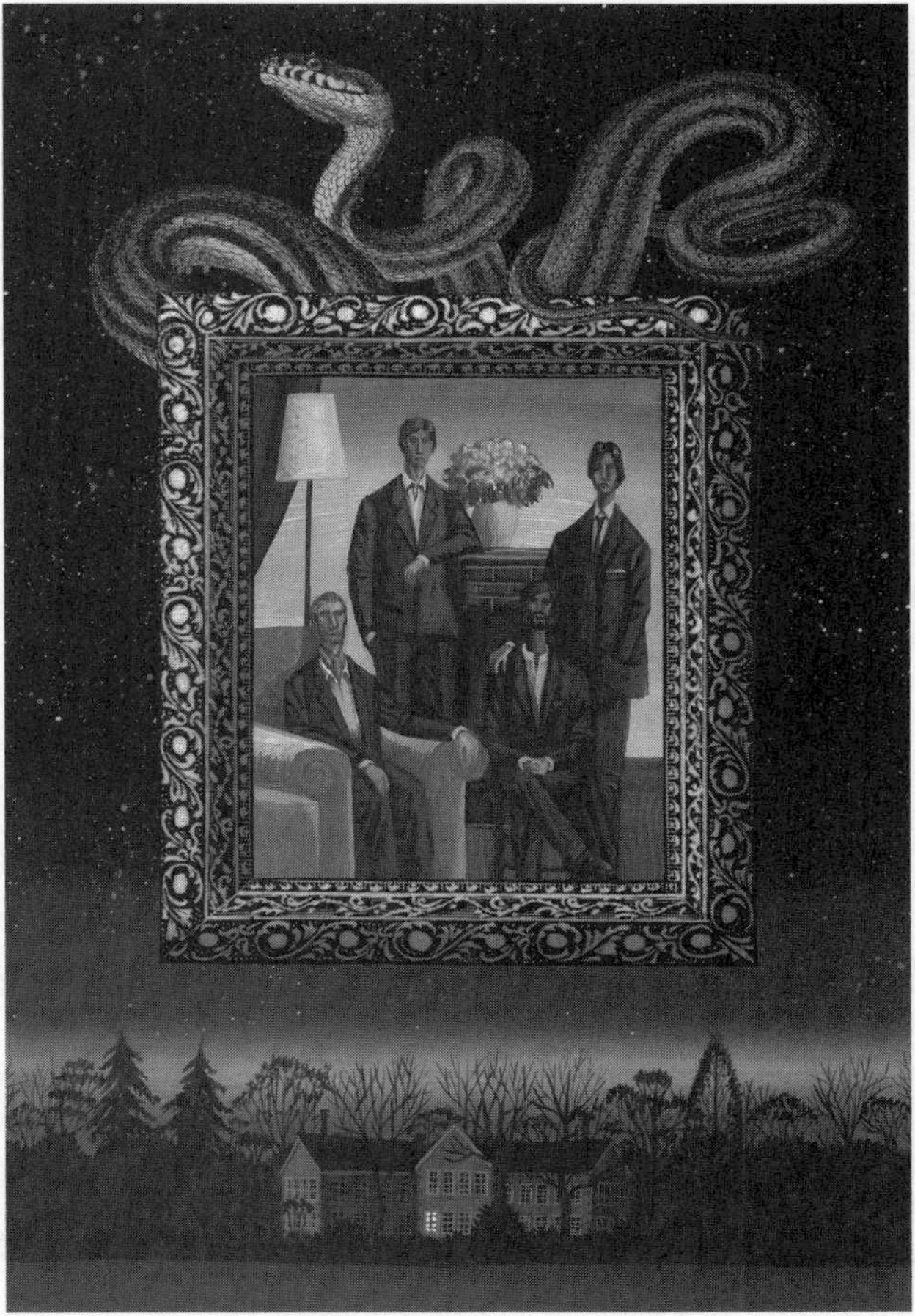

「とにかく、叔父さんが倒れた時のことを繰り返し。ボトルに誰か手を触れているのを見なかったかとか。バーカウンターに来るまでの経緯とか」

アーサーは首の後ろを揉んだ。ひどく強張っていて、緊張が抜けない。

さすがに、彼らが到着してからの事件発生だけに、二人の刑事の表情は厳しく、質問も執拗だった。警視庁からやってきて、彼らが待機しているあいだにこんな事態になったのでは、面目丸潰れだろう。

「アーサーは、誰かがボトルに手を触れているところを見たの？」

「いいや。とにかく、叔父さんに声を掛けられて、一緒にバーカウンターまで移動して、叔父さんが勝手に、置いてあったボトルから酒を注いで飲んだ。それだけだからね。全く不自然なところはなかったし、誰かがボトルに近づいていたわけでもない」

「毒はボトルに入っていたのよね？　グラスではなく？」

リセが静かに尋ねた。

アーサーは、その声の主に思わず目をやった。彼女は、驚くほど静かに気配を消し、そこに座っていた。

「毒はボトルに入ってたそうだ。相当な量で、何人も殺せるような量だったって」

アーサーは刑事の話を反芻しながら答えた。

頭には、叔父が倒れる前の台詞が繰り返されている。

いや、まさかね。まさかあの娘が。

アーサーは、あの謎めいた叔父の言葉を二人の刑事に伝えることができなかった。なぜかは分からない。が、言わないほうがいい、と彼の本能が囁いたのだ。

「叔父さんと何を話していたの？」

アリスが尋ねる。

「それも何度も聞かれたよ」

アーサーはため息をついた。その件については、刑事に正直に話していた。

「親父を脅迫する人間に心当たりはないか、聞いてたんだ。警察に相談するなんて、親父の怯えようは尋常じゃない。親父は身に覚えがあるんじゃないかと思ってた。だとすれば、商売がらみの可能性が一番高い。親父の商売にいちばん詳しいのは叔父さんだからね。本当に心当たりがないのか、確かめてたんだ」

「で、叔父さんの答えは？」

キースが真顔で尋ねた。

アーサーは首を振る。

「考え込む様子だった。それで、酒を手に取って飲んだら、ああなったんだ」

アーサーは用心深く返事をした。

あの時、叔父はひとりで考え込んでいた。自分が呟いたことなど、ひょっとすると自覚していなかったかもしれない。アーサーが彼の呟きを耳に留めたことを覚えているだろうか。きっと覚えていないだろう。アーサーは、そう踏んだこともあって、刑事にはその話をしなかったのだ。

「考え込むくらいなら、すぐに思い当たるような人間はいなかったってことなのね」

アリスが複雑な表情を浮かべる。

「うん、隠してるという感じじゃなかったね。真っ先に思い浮かぶような人間はいなかったという印象を受けた」

「逆に、多すぎて絞りこめなかったという可能性もあるな」

アレン叔父がずけずけと言う。

皆が苦笑したが、それで救われたような気がしたことも確かだ。ようやく、わずかに雰囲気がほぐれた。

談笑しながら、アーサーは客たちの顔を思い浮かべていた。

あの時、叔父はどこかを見た。ならば、視線の先に「あの娘」がいた可能性は高い。

きちんと見届けるべきだった、とアーサーは後悔していた。叔父が誰を見ていたか突き止めていれば、事件の解決に役立ったかもしれないのだ。

しかし、客間には大勢の人間がいたし、対象を特定することはできなかった。

あの娘、というからには、親戚連中は除かれる。少なくともエミリアやアリスのことを「あの娘」と言ったりはしまい。だとすると、叔父にとっては限りなく初対面に近い人物だったということになる。

だとすると、その対象となるのは──

エミリアの友人。いとこのステディ。あるいは、新しく入ったメイドとか？

もちろん、警察は、使用人たちを徹底的に締め上げていたが、昔から通っている人間が多く、めぼしい成果は上がっていないようだった。第一、ミステリでは使用人が犯人であるということは許されない。

あるいは、謎めいたアリスの友人。

アーサーはそっと談笑の輪の中にいる娘に目をやる。

彼女が「あの娘」である可能性はあるだろうか？　もしそうであるならば、彼女はいったいどんな「あの娘」なのだろうか？

叔父はもうひと言呟いていた。

なんでこんなところにいるんだろうと。

これも、よく考えると奇妙な台詞だ。「こんなところにいるはずのない人間」とはどういうことだろうか。恨まれる覚えはないか、と尋ねたあとでの台詞である。つまり、ロバート叔父は、客の中で見知った顔を見つけた。それが、考えてみると親父を恨むべき相手か、あるいはその関係者だった。そう気づいた結果が「こんなところにいる」という発言になったのだとは考えられないだろうか。

「今夜のディナーはどうなるの？」

アリスがふと思いついたように尋ねた。

もうとっぷりと日は暮れ、晩秋の寒さが忍び寄っている。

「厨房《ちゅうぼう》も食堂も厳重な警戒の上で行われるらしいよ」

アーサーはけだるい声で答えた。

「警察も迷っていたらしいが、全員一ヵ所に集めておいたほうが警備しやすいと考えたらしい。明日はいよいよ楽しい誕生日だしね」

「お菓子をくれなきゃ悪戯するぞ、なんて冗談にも言えやしないな」

キースが気の抜けた笑い声を立てた。

「いったん引き揚げて、着替えてくるわ」

アリスとリセが顔を見合わせ、頷き合って立ち上がった。ディナーには、女性はそれなりの支度が必要なのだろう。

「おう、別嬪さんたち、綺麗にして戻ってきてくれ。何かと殺伐とした世の中だしな」

アレン叔父が大きく頷いたので、二人はようやく若い娘たちらしい華やいだ笑い声を立てた。

「あんまり酔わないほうがいいかな。なにしろ、どんな不測の事態が起きるかも分からないし」

デイヴがワインを飲みながら首を振った。

「爆弾放り込まれるかもしれんぞ。悪意の塊みたいな奴だからな」

アレン叔父は、普段の調子が戻ってきてにやにやと笑った。

「逆に、ちっとも酔わないよ。緊張してるんだろうな」

キースが恨めしそうに空っぽのワインボトルを見る。

アーサーは立ち上がり、三人の顔を見回した。

「ちょっと外の風に当たってくる。なんだか疲れた。平気なつもりだったけど、やっぱり刑事と話すのはストレスだな」

「そりゃそうだ」

みんなに見送られ、ぶらぶらと歩きながら化粧室に立った。

顔を洗うと、少しだけさっぱりする。

がらんとした屋敷の中が、なんとなく不気味だった。薄暗い廊下の影の中に、誰かが佇んでいるような気がするのだ。

が、実際に誰かが廊下の隅の椅子に腰かけていたのでギョッとする。

臆病風に吹かれて何かを見間違えたのかと思いきや、そこに、漆黒の目をしたあの娘が腰かけてこちらを見ていたので改めて驚いた。

「びっくりさせてごめんなさい、お話ししておきたいことがあったもので」

リセはゆったりと立ち上がり、彼に向かって静かに歩いてきた。

「僕に？」

アーサーは怪訝そうな声を出した。

「ええ。あなたはとても勘がいい方ね」

リセはぴたりと視線を彼に据えていた。

目を逸らすことができない。

「だから、あなたが騒ぎ出す前に、こちらから説明しておいたほうがいいと思って」

「騒ぎ出す？　僕が？　なんの話です？」

アーサーは努めて無邪気な表情にしようと試みたが、娘は全くそんな彼の努力を無視していた。

「疑ってらっしゃるでしょう、あたしのことを」

リセはにこっと笑って首をかしげた。

アーサーはわざとらしい笑い声を立てた。内心の混乱を隠すためでもあった。

「何を疑うっていうんでしょう？　僕はあなたのことを何も知りませんよ」

「だからよ」

リセは笑顔を消した。

「だから、説明しておきたいんです。あたしの口から。あたしの家と、あなたの家、レミントン家との古い因縁《いんねん》について」


因縁。


アーサーは、目が覚めたような心地になった。

叔父の声が、戸惑った表情が、宙を泳いだ視線が目に浮かぶ。

やはり、この子が「あの娘」なのか？

動揺するアーサーの前で、遠い国から来た娘は、とても静かに立っている。

「——きっと短くはない話なんだろうね？」

いつのまにか、そう聞き返していた。

「場合によってはね」

リセはあっさりとしたものだ。一族の呪われた因縁を告白しようという場面にしては、淡白に過ぎるような気もする。

アーサーは、雰囲気だけは満点の、暗い廊下を見回した。

「こんな薄暗いところで突っ立って話すのもなんだし、弟に見つかったらあらぬ疑いを招きそうだし、かといってバーカウンターは黄色いテープが張ってあるし。どこかいい場所ないかな」

「そうね。図書室はどうかしら？　図書室だったらあなたの野性味溢れる弟さんも覗いてみようとは思わないでしょうし、あたしの記憶によるとまだ封を切ってないウイスキーのボトルが置いてあったような気がするの」

「そいつは素敵だ」

アーサーは低く口笛を吹く。

「あら、夜に口笛を吹くと、蛇が来るわよ」

リセはかすかに眉をひそめ、唇の前に人差し指を立てた。

「へえ？　日本ではそうなの？」

「ええ、そう言われてるわ」

「面白いね。先に行ってて。グラスと氷を調達してくるよ」

「ありがとう。じゃ、ディナーに向けてちょっと着替えてくるわね」

リセが足早に自分の部屋のある館に向かうのを見て、アーサーは自分が浮き浮きしていることに気付いた。なんだこりゃ。高校生じゃあるまいし。

同時に、今さらながら、リセが図書室に入っていたことにも気付く。五弁の薔薇のレターヘッドのある部屋。

氷を取りに行くと、厨房近辺にはものものしく警官が仁王立ちになっていて、使用人たちもピリピリした雰囲気である。

無理もない。今宵《こよい》も楽しいディナーになりそうだ。

執事のように恭しくロックグラスとアイスペールを盆に捧げ持って図書室に入っていくと、赤銅色とでもいうのか、光る生地にクラシカルなボウタイを結んだブラウスと黒のスカートに身を包んだリセが、まさにそのレターヘッドをためつすがめつしているところだった。

聖なる魚。彼女が？

つい、その様子をじっと観察してしまう。が、彼女の目つきには純粋な好奇心のみが浮かんでいるように見えた。

「お酒はそこよ」

そう言われて、アーサーはハッとした。思っていた以上に長く、彼女を眺めていたらしい。確かに、書きもの机の後ろの本棚に年代物のスコッチウイスキーがひっそり置かれていた。

「これには異物が混入されてないだろうな」

「そう祈るわ」

二人はじっくり罎《びん》をチェックし、開けた痕跡がないことを確認してからおもむろに封を切り、あの心地好いトポトポという音を聞き、儀式のように重々しく乾杯した。

「ディナーの前にはやや刺激が強すぎるかもしれないな」

「気つけ薬よ」

誰かがこっそり一人で飲もうと考えていて、除《よ》けておいたのだろう。しかし、その誰かは、冬に備えてあちこちにドングリを貯め込むリスよろしく、そのまま置き忘れてしまったに違いない。胃の中を滑り落ちる液体はパンチがあり、香りも馥郁《ふくいく》として、なかなかいい酒だった。

「さて、告白を聞こうか。期待してるよ」

アーサーは机の隅に軽く腰掛け、リセに話を促した。

「あなたはご自分の一族についてどのくらいご存知？」

いきなり、聞き返される。

「これは難しい質問だ」

アーサーはロックグラスを回した。氷が明るい音を立てる。

「表向きの由緒正しい歴史なら少しは。そうでない部分については薄々知っている、という感じかな。今まさに、屋敷のそこここにべたべた黄色いテープが張られるような原因をいくつも持ってる家だ、という程度の認識だね」

「ご謙遜《けんそん》を。レミントン家は貴族じゃありませんか」

「エセ貴族さ。末席を汚す、というやつだね。我が家の場合、家柄に付随する権益のために上品ぶってるだけで、うまい汁さえ吸わせてもらえれば、自分が貴族でなくたってちっとも構わないんだから」

「ある意味、そんなふうに割り切れるのは立派ね。それも処世術だわ」

リセは真顔だったので、皮肉ではなく本気でそう考えているようだった。

不思議な娘だ、とアーサーは改めて思った。

「それでは、君の一族は？　興味あるね」

「うちの一族？」

リセはそう言って、ふと遠くを見ると、皮肉めいた笑みを浮かべた。

「そうねえ――血縁関係であって、血縁関係でない。利害関係だけかと思えば、そうでもない。けれど、まぎれもなく同じ成分の血が含まれていて、その血の流れていく先が同じであることだけは確信している。そんな血のベクトルだけで結びつけられている人たちなのかも――」

ひとりごとのように呟くと、彼女はにっこり笑ってアーサーを見た。

アーサーは、その笑顔を見て、自分が小さな子供になったような気がした。

この笑み、どこかで見たことがある。人生の円熟期、もしくは黄昏《たそがれ》を迎えた大人の女性が、まだ何も知らず、目の前に未来しか広がっていない子供に見せる笑み。

「つまり？」

あえてそっけなく尋ねると、リセもそっけなく答えた。

「ある種のマフィアね」

「ジャパニーズ・マフィア？　タランティーノの映画で観た」

「違う違う。あんなのじゃないわ」

リセはくすくす笑った。

「レミントン家は、第一次大戦当時、武器商人だったわね？」

「『武器商人だった』んじゃなく、今も武器商人だよ。アメリカのコングロマリットみたいに露骨に政府と結託して武器を造って売ってるわけじゃないけど、軍需産業に投資して飯を食ってることは確かだからね。僕の勘では、たぶん、法の網をかいくぐって間接的に第三国にも武器を売ってる」

「商売熱心ね」

「裏の林に死体が転がってるのにも気付かないくらいにね」

脳裏に、闇の中で振り回される懐中電灯の明かりが蘇る。

ああでもしなければ、およそ英国人らしくガーデニングだの領地の自然をボランティアで開放するだののということに興味のないうちの人間が、あの死体を見つけるのがずっと先になったことは確かだ。下手すると、白骨死体になってからという可能性もあった。

そう考えると、我々に見つけてもらおうと、必死に懐中電灯を振り回している犯人が滑稽に思えてくる。

死体を見つけられなければ殺人はなかったのと同じだ——

ふと、そんなフレーズが頭に浮かんだ。

おもむろに、リセがレターヘッドを一枚手に取り、顔の前に掲げた。

アーサーは面喰らい、問いかけるようにリセを見る。

「これはね、実はうちの人間がレミントン家に持ってきたのよ」

ブラックローズ。五弁の薔薇。

「どういうこと？　ご先祖がプラントハンターだったのかい？」

「仕事はよく分からないわ」

リセは花を指でなぞった。

「ただ、二十世紀のはじめ、日英同盟の前後にイギリスに来ていて、レミントン家と商売をしていたことは記録が残っているの」

「西の館が燃えた頃だな」

そして、西の館は再建されなかった。

「ここに滞在したこともあったようよ。第一次大戦前後には何度も往来していたらしいの。商売の中身は今ひとつはっきりしないんだけど」

「新興国とお近づきになって商売しようっていうのはいかにもうちの先祖らしい」

勢いがあるグループに対して鼻が利くのもレミントン家っぽい。世界史の表舞台に躍り出た東洋の新興国にも、カネの匂いを感じたに違いない。

「それで、ここに滞在した誰かが、銃の暴発事故で亡くなっているのね」

「そいつは失礼した」

アーサーは反射的に頭を下げていた。

リセは笑って手を振る。

「事故よ。狩猟中だったのかもしれない。それで、その葬儀の時に、日本の習慣で家紋の入った垂れ幕を用意したのを見て、それ以降レミントン家がブラックローズの紋章を使うようになったみたい」

「君の家の紋章はブラックローズなのかい」

「いいえ、何種類かあるけど、陰桔梗でもない。たぶん、領地の池の形などを見て、うちの誰かが提案したんでしょう。イギリスだから薔薇だと思ったのかもしれない。あたし、この中を歩いてみて、ブラックローズの紋章を考えた人は、絶対現地に来ているると思ったわ。ここの地形を目で見ていなければ、あんな紋章を提案することはないって」

「道理で」

アーサーは無意識のうちに頷いていた。

「何が『道理で』なの？」

リセの目がかすかに鋭くなる。

「いや、君の様子を見ていて、とても初めて来たとは思えなかったから」

「あたしが？」

「ああ。まるで記憶を探るような、ずっと以前に来たことがあるような表情をする時があった。それは、紋章から逆に現地の地形をあてはめていたからなんだね」

「そう。あたしったら、そんな顔をしていたのね」

リセは静かに呟いた。その目には「あたしとしたことが」とでもいうような、「反省」めいたものが浮かんでいる。

「それで、銃の暴発事故で先祖が亡くなっているから、我が家を恨みに思っているとでも？」

「いいえ。だから、事故は事故よ。でも、うちの先祖がここに滞在していたことと亡くなっていたことを隠していたら、この状況では誤解を与えるんじゃないかと思っただけ。いくらなんでも、そんな昔のことで嫌がらせをするほど、うちの人間は暇でもロマンチックでもないわ」

確かに、百年近くも昔のことを復讐のネタにするとは、かなり悠長な人間だ。

「今も商売上のおつきあいがあるのかな」

「いいえ。第一次大戦以降、ぱったり往来が途絶えているし、今は誰もつきあいはないはず」

「君がアリスと知り合って、ここに来たのは偶然？　君、ひょっとして倒れた叔父のことを知っていた？」

アーサーはさりげなく重要な質問をした。

彼女が、叔父が口にした「あの娘」なのではないかという疑惑は消えていなかった。

リセはきっぱりと答えた。

「偶然よ。彼女と知り合いになって、あとからレミントン家について聞いてみて、我が家と因縁のある家だったと知った時は驚いたわ。叔父さまのことは知りません。ただ、アリスのところに何度か遊びに行ったことがあったから、どこかで見ていた可能性はあるけど」

うまく逃げられた。そんな気がした。

「うちの親父は、そういう過去について知ってるのかな」

アーサーは、びくびくしている父親の顔を思い浮かべた。あの親父は、歴史について詳しいだろうか？　こういったちょっとした血の因縁は、いったいあとどのくらい存在しているのだろう？

「知らないんじゃないかしら。少なくとも、お父さまの代は日本とは関係がないようだし、日本には興味もないみたい」

「君の名字はミズノ、だったよね」

「ええ」

「僕も調べてみる。隠れた歴史を探るのは興味深い」

「本当に」

もしかすると、「聖なる魚」なる人物も、レミントン家の隠れた歴史に強い興味があるのかもしれない。「聖なる魚」は、ひょっとするとミズノ家とレミントン家の関わりのことも知っているのではないか。だとすれば、かなりの「歴史通」ということになる。そのことについて知ることのできる立場の人間を探せば、「聖なる魚」に辿りつけるかもしれない。これは刑事に提案するべきだろうか？

「念のために確認するけど、今の話を素敵な刑事さんたちにしてもいいのかな？」

「問題はそこよ」

リセは、その質問を待っていたようだ。

「あたしもそこで悩んでいるの。百年前に先祖がここで死んでますなんて話、今持ち出すのもヘンだし、かといって、警察はきっと滞在客の過去について徹底的に洗うでしょうから、向こうが調べてそんな話を持ち出されるのも嫌だわ。あまりに中途半端な因縁というか――なぜ黙っていたんだと言われるのも不本意だし、申告するにしても、あまりに古い話だし」

なるほど、それで先手を打ったのか。

アーサーは納得した。

いわば、彼女は「保険」として、過去を打ち明ける相手に俺を選んだのだ。もちろん、アーサーが彼女に「何か」あるのではないかと疑っていることにも気付いていたせいもある。

「まあ、逆に警察がどこまで洗いだせるか興味があるね。とりあえず、僕から刑事さんにその件を話すのはやめとくよ。君も、向こうからその話題を出されたら『知らなかった』というのが自然なんじゃないかな」

「ありがとう。痛くもない腹を探られるのは迷惑だわ」

その淡々とした表情を見て、アーサーは、ふと不安が胸をかすめた。

彼女には何か別の目的があるのではないか。

殺人事件などというものは、彼女にとって予定外で、何かもっと大きな、為すべきことがあるのだというような――

それはどんなことだろう？

漠然とした不安が広がるが、その形はぼんやりとしてきちんとした輪郭を持っていなかった。

「明日はいよいよ誕生日ね。こんな騒ぎになって、お父さまはどうするつもりなのかしら」

リセが卓上カレンダーに目をやった。

「素敵なハロウィンになりそうだ」

「聖杯を見せてくれると思う？」

「さあ、どうだろうな。今日のディナーの様子を見て考えるだろう。親戚連中は親父を吊るし上げるつもりだ。親父は聖杯どころじゃないと考えるかもしれないし、逆に聖杯に興味を集めたいと考えるかもしれない」

あの親父のことだから、どちらも可能性はある。

「分からないわ」

リセはグラスの中をじっと覗き込んだ。

「何が？」

「これは、レミントン家の事件なのかしら？　それとも『祭壇殺人事件』の一部なの？　あなたはどう思う？」

「さあね。僕の印象では、村で最初に見つかった死体のほうは、レミントン家とは関係ないような気がする。でも、裏の林のなかに死体を放置した奴は、レミントン家についてよく知っているような気がする」

「模倣犯だと思うの？」

「そうとも思えないところが不思議なんだ。レミントン家の事件と、『祭壇殺人事件』は、ぴったりとは重ならないけど、二つの円がどこかで触れ合ってる。そんな印象かな」

リセは遠くを見る目つきになった。

「二つの円がどこかで――」

「どうかした？」

「ううん」

リセは笑った。またあの笑み。

「似ているな、と思って」

アーサーは「何が」とは聞かなかった。

直感で、それは、自分とリセのことを指しているのではないかと思ったからだった。

二人は同時に顔を上げた。

廊下を人々が歩いていく気配。

どうやら、ディナーの席が始まろうとしているらしい。

「行こうか」

「ええ」

二人はグラスを置き、立ち上がった。氷がすっかり溶けて、温《ぬる》い水になっている。

アーサーは、本棚にボトルを戻そうとしてラベルに目をやった。

「このボトル、持っていこうかな。封を切ってしまったのをそのままにしとくのが嫌だ」

「あなたの部屋に置いておけば？　あとでみんなで続きをしましょう」

「よし、盆ごと持っていこう。ちょっと恥ずかしいけど」

廊下を覗くと、警官もぞろぞろと歩いていく。いつのまに増えたのか、客たちに劣らないほどの数だ。

「楽しい晩餐になりそうね」

リセが溜息混じりに呟いた。

それには、アーサーも同意せざるを得なかった。

【第5章】

バードウォッチャー

威圧感溢れるメインダイニングルームには、不穏な気配が漂っていた。

昨夜の宴が退屈な苦行だったのに比べ、今宵は弾劾裁判の場となる予感が濃厚である。

そのため、室内は実に嫌な緊張感がぴんと張りつめており、それが逆に客たちに妙な活気を与えていた。

廊下の外や厨房には警官が詰めているが、さすがにダイニングルームの中までは入ってこない。招待主が拒絶したのか、はたまた警察側が自由にガス抜きをさせ、あるいは客たちに余計な事を口走らせようとしているのかは謎だ。

さあ、あの独善的で実は小心な親父が、この場所にどんな顔して入ってくるか、こいつは見ものだな。

アーサーはシニカルな気持ちで前菜が運ばれてくるのを見守った。

なかなか当主は現れない。

客たちのざわめきは大きくなる。食事には手を付けないものの、ワインはあちこちで開けられ（もちろん、きちんと封が為されていたことを強調してからの開封だ）、やけにピッチが速い。

「逃げたかな」

アーサーがボソリと呟くと、左隣のリセが顔を動かさずに小さく笑った。

「急病になられたのかも」

「なるほど。その可能性はある」

「気の毒に」

「自業自得さ。どちらにせよ、来るのか来ないのかはっきりしてもらえないと、空きっ腹にワインで早く酔いそうだ」

そう呟いたところで、ぴたっとざわめきが止まった。

前方のドアが開き、みんなが手ぐすね引いて待ち構えていた館の当主が現れたのだ。

ほう。偉いな。

アーサーは素直に驚いた。

ダイニングルームはしんと静まり返り、部屋じゅうの視線が、誰とも目を合わさずに入ってくる、太った年寄り猫に似ている男に集中していた。

当主オズワルド・レミントンは、やや硬い表情ではあるが、落ち着いている。

ふーん。立派なものだ。こんな度胸があったとは。

しかし、客たちの視線は、たちまち当主の後ろに移動した。

当主の後ろから、布の掛かった箱のようなものを捧げ持って入ってきたボーイがいたのである。

ざわざわと、小さなさざなみのような声にならない声が上がった。

まさかあれが。

恐らく、箱を見つめているすべての客が心の中で呟いているに違いない。

あれが、ブラックローズハウスに伝わるという「聖杯」？

「おい、あれってまさか。ほんとにあったのかよ」

右隣のデイヴが興奮気味に囁く。

「さあね。ただの胡椒《こしょう》入れかもしれん」

アーサーが水を差すと、デイヴは鼻白んだ。

「もしあれが胡椒入れだったら、親父、生きてこの部屋を出られないぞ」

当主がもったいぶって席に着き、ボーイは箱を捧げ持ったまま当主の斜め後ろに直立した。改めて、テーブルに着くすべての客たちの目がそこに集まる。

「お待たせして申し訳ない」

オズワルド・レミントンは厳《おごそ》かに宣言した。

「こちらの準備に手間取ってね。なにしろ、皆様にお披露目するのはこれが初めてのことになるのでね」

彼はちらりと斜め後ろに立つボーイを見るふりをした。むろん、客たちの視線もそちらに向かう。大勢の注目を浴びて、その箱に掛かっている白い布は、スポットライトを浴びているかのように輝いて見えた。

「普段は貸し金庫に納めているが、今回、お披露目のために出してきたものだ。たぶんお聞き及びの方もいるだろうが、二十年ほど前にこの館を改修した際に壁の中から出てきた。詳しい来歴は不明で、ずっと保管したままだったが、このほど、儂《わし》が誕生日を迎えたら、しかるべきところに調査に出すことになっている」

今度こそ、客たちは一斉に何事かを呟き、声を上げ、部屋にざわめきが満ちた。

なかなかうまいな。やるじゃないか、親父。

アーサーは感心した。さっきまでの不満と怨嗟に満ちたざわめきと異なり、今の客たちの顔に浮かんでいるのは興奮と好奇心だ。しょっぱなから「聖杯」の現物を持ち出すことによって、親父は客たちの関心をそちらに向けてしまったのだ。

「この度は、度重なるアクシデントで皆様に不快な思いをさせて申し訳ないと思っている」

当主は、さりげなく「アクシデント」に力を込めた。

「ご心配をおかけしたが、ロバートも快方に向かっているようだ。犯人は早晩、優秀なる警察諸君が逮捕してくれると信じている」

オズワルドの口調には皮肉が含まれていて、客の何人かはその皮肉に反応して小さく笑った。

「だが、どうしても今回、より多くの皆様にこれを見ていただきたかったため、このような不便な場所にお呼び立てしたのだ。しかし、結果としてご多忙中のところ、足止めされることになったことをお詫びする」

ずいぶんと殊勝な口をきくじゃないか。

アーサーは内心苦笑した。

だが、悪くない。命を狙われているので不特定多数の人間の集まる都会を避け、隔絶された場所に有象無象の関係者を集めて楯にした、というよりは、よっぽど聞こえのいい弁解である。だが。

ふと、すうっと冷めるような心地になった。

親父らしくない。

アーサーの頭にそんな感想が浮かんだ。

彼の知っている父親は、こんな状況になったら、ああだこうだと言い訳をするか、ぎゃんぎゃん喚《わめ》き散らして誰かに責任転嫁をするか、もしくはとっとと逃げるかのどれかである。こんなふうに対応することを入れ知恵できる人間がいるとしたらロバート叔父くらいしか思いつかないのだが、その叔父は人事不省に陥っているときている。

誰かが親父に指示を与えている？

そんな気がしたが、指示を与えられるような人物が思い当たらなかった。

警察とか？　あの穏やかで知的な刑事たちがアドバイスしたとか？　まさかね。

アーサーは首をひねる。

誰かが入れ知恵したにせよ、奇跡的に親父が常識的なふるまいを思いついたにせよ、とにかく一応当主が詫びたことで、客たちの不満はとりあえず緩和された雰囲気があった。

目下の関心は、さっさと布をよけてブツを見せろ、というところだろう。

そのことを心得た上で、オズワルドは更にもったいぶって言った。

「残念ながら、現在の状況で、警察の面々が遠慮してくれるのはこのディナーの場所だけだ。今後は、我々が立ち去る時まで、どの館の内部にも外部にも、警備に立っていただけるそうだ」

「で？　そいつは見せていただけるのかね？」

誰かが痺《しび》れを切らしたらしく口を挟んだ。

「もちろんだ」

オズワルドは鷹揚《おうよう》に頷いた。

「このディナーのあいだ、ここに置かせてもらう。我々一族の財産だからな。とくとご覧になり、もし来歴に心当たりがある方は遠慮なく申し出ていただきたい。参考にさせていただく。そして、この財産に関係することもあるが、明日の儂の誕生日のディナーに、皆様にご相談したいことがあるので、改めて話を聞いていただきたいと思っている」

オズワルドは、後ろに控えていたボーイに目で合図した。

ボーイは心得た表情で、オズワルドの皿とカトラリーの前の、ぽっかりと空いた四角いスペースに布の掛かった箱を置いた。予め、それを置くために場所を空けておいたのだろう。

ボーイは、芝居がかった仕草でサッと布を取り去った。

みんなの目が釘付けになる。

おおっ、というどよめきが起きた。

アーサーの目も、ガラスケースの中に引き寄せられる。

そこには異様なもの——しかも独特な美しさを持ったものが鎮座していた。

ガラスケースの中のものは、内側から光を発しているようだった。

恐ろしく古いものであり、厳しい歳月に晒されたもの。しかし、それでもなお不思議な美しさがそれにはあった。

聖杯？　これがいわゆる聖杯なのか？

ざわざわと興奮した声が上がった。遠くの席の者は立ち上がり、近くの席の者は身を乗り出して立方体をしたガラスケースの中を見つめている。

確かに杯の形をしているが、目の前にあるものはかなり変わった形の金属製と思しき杯だった。

ごく浅い杯で、脚に当たる部分は真ん中が膨らんでいて太い。ちょうど、鉄アレイの球体の部分を押し潰したようになっており、逆さにしても同じ形になっていると思われる。

全体に黒ずんでいるが、かつては金で覆われていたらしく、そこここに金の痕跡が残っている。まぎれもなく本物の金が使われていたのだろう。小さな欠片《かけら》であっても、照明の加減で淡く光る様は、なんとも言えぬ威厳を漂わせている。よく見ると、赤や緑の光もある。小さな宝石が、脚をぐるりと巡らせるように多数埋め込まれているのだ。

ホンモノだ。少なくとも、何かを模して造ったちゃちなレプリカではなく、たいした工芸品であることは間違いない。

アーサーはそう判断した。いわゆる「聖杯」かどうかは定かではないし、恐らくそうではないだろうが、これ自体、素晴らしい骨董品であるというのは、ここにいる誰もが確信したはずである。

こいつは驚いた。我が家にはおよそ似つかわしくない、まっとうな美術品じゃないか。

アーサーはそう心の中で呟き、なんとなくリセを見た。

ぎくっとする。

彼女は、くいいるように「聖杯」を見つめていた。

ひどく真剣に——ひどく冷たい目で。

「リー？　どうかした？　あれは偽物かい？」

そっと尋ねると、リセはハッとしたようにアーサーを見た。

照れたような顔で「ああ」と笑った。

「ううん、たぶん本物だと思うわ――本物っていうのがどういう意味なのか分からないけど、工芸品として」

「うん。言いたいことは分かるよ。むろん、『失われた聖杯』なんかじゃないだろうけど、それでもあの品の持つ価値は全く減らないと思う」

「ええ、そういう意味。素晴らしい品だと思うわ」

リセは頷いた。

「しかるべきところっていうのは、サザビーズとかクリスティーズとかかな」

デイヴが割り込む。

リセは首をかしげた。

「違うと思うわ。ああいうところは、鑑定できる能力はあるでしょうけど、実際の鑑定はしないのよ。見てもらうとしたら、大英博物館とか、どこかの大学の専門の人ということになるでしょう」

「ふうん。そういうものなんだ。でも、なんだか凄い値段がつきそうじゃないか？」

デイヴは興奮している。

「ええ。美術品として、とても興味深いでしょうね」

リセの口調に含みを感じ、アーサーは「というと？」と尋ねた。

「あれ、聖杯じゃないわ」

リセはあっさりと答えた。

「聖杯じゃない？」

アーサーとデイヴは声を揃えて聞き返す。

「しっ」

リセは慌てて唇に人差し指を立てた。二人は慌てて周囲を見るが、皆、それぞれ品定めに夢中で、誰も三人の会話を聞いている様子はない。

「どうしてそう言い切れるんだい」

アーサーは声を潜めた。

「あれは、日本の鼓《つづみ》よ」

「何？　トゥ――なんとか言うのは」

デイヴが耳を突きだす。

「ツヅミ。日本の楽器。肩に載せて太鼓のように叩くの。本物は中が空洞になっていて、両側の円形の部分に動物の革を張って、太鼓にするのよ」

「なるほど。道理であんなに浅いわけだ」

「ええ。でも、そこにあるのは本物の楽器ではなくて、鼓を模した工芸品でしょうね。だから、上と下は杯の形になっていて、空洞にはなっていない。あの黒い部分は、漆《うるし》――ジャパンの剝げた跡だわ。ものすごく手間のかかった、今の日本でもできない高級品だと思う」

「へえー」

「じゃあ、あれは日本から持ち込まれたかもしれないってことかい?」

アーサーはそう言ってからハッとした。

まさか、あれも、君のご先祖が我が家に持ち込んだ品というわけじゃないだろうね?

その質問が口元まで出かかっていたが、隣にデイヴが興味津々の目で耳を澄ませているのでかろうじて呑みこんだ。

「そうかもしれないわね」

リセは軽く微笑み、再びじっとガラスケースの中を見入っている。

彼女は、あの品のことを知っていたのでは?

アーサーは、そんな疑問が浮かんでくるのを感じたが、やはり彼女の怜悧《れいり》な横顔に、その質問を投げることはできなかった。

この部屋で、あの気味の悪い林の中の光を見たのがたったの一日前というのが信じられなかった。

当主の思惑通り「聖杯」がディナーの話題をかっさらい、意外なほど和やかにディナーが終了したのち、アーサーとアリスは再び羊の館のキースの部屋にやってきた。

もっとも、今回は人数が倍だ。アレン叔父にデイヴとリセも一緒である。

あの時には、この三人はバラバラなところにいたわけだ。

ふと、アーサーはそんなことを考えた。

この三人にアリバイはない。このうち誰かが林の中で懐中電灯を振り回したという可能性は？

いや、正直に言え。アーサーは考え直す。

リセがあそこで懐中電灯を振り回したという可能性は？

やはり、こうしてみると初めて彼女を見かけた時の印象が強く尾を引いているのを痛感させられる。黒いガウンをまとい、林の中を移動していく人影。アーサーの記憶と想像において、ガウンの中の顔は彼女になっているのだ。

「ほんとにお宝だったわねー、あれ、大英博物館でも欲しがると思うわー」

アリスが興奮した声で叫んだので、アーサーは我に返る。

「逆に、俺はあれが先祖の誰かが大英博物館から盗んできたんだと言われても驚かんな」

アレン叔父が憮然とした顔で呟いた。

「おや、アレンはあのお宝がお気に召しませんでしたか?」

キースが尋ねると、アレン叔父はふん、と思い切り鼻を鳴らした。

「全くもって分不相応だ。うちの一族には全然似合わん。ましてやオズワルド・レミントンが所有してるなんざ、豚に真珠もいいところだ。とっととしかるべきところに買い上げてもらうがよろしい」

その口調があまりにも苦々しいので、アリスとリセがくすくす笑い出した。

「叔父さんもあれをご覧になるのは初めてなんですね」

アーサーが聞いた。

アレン叔父は憮然とした顔のまま頷く。

「初めてだ。前に見たのは全く別のものだったしな」

「それはどういうものだったんです？」

「俺が見たのは、確かに古いものだったが素焼きに近いものだった。形状も、もっとゴブレットに近い、素朴というかはっきり言ってみすぼらしい代物だったな」

「ご覧になったんですね」

「まあ、あれがそうらしい、という不確かな前提でだがな」

「その元祖聖杯はどこにあるのかしら」

アリスが首をかしげた。

「そもそも、今回のあれはどこから出てきたの？　改修の時に壁かどこかから出てきたんでしょ？　隠してあったたってことよね？」

「もしくは、封印してあったのかも」

リセが呟いた。

「封印？」

「いえ、ふとそんな気がしただけ」

リセは悪戯っぽく笑う。

「あら、確かにそうかもね。今の我々に降りかかっているのは、眠りを妨げられて怒ってる聖杯の呪いなのかもしれないわ」

アリスがあっけらかんと笑った。こいつのこういうところは欠点でもあり美点でもあるな、とアーサーは思った。

「しかし、変だと思いませんでしたか」

アーサーはキースとアレン叔父を交互に見た。

「変だというのは？」

デイヴが尋ねる。

アーサーはウイスキーを口に含んだ。

「親父の態度ですよ。僕の印象では、今夜はやけに落ち着いてた。あの小心者の親父が、あんなに堂々と『聖杯』を開帳したというのが解《げ》せない。昨日はもっと怯えてたと思うし、『聖なる魚』が予告しているのは明日だというのに、今日のほうが安心しているように見えた。どうしてだろう。誰か親父に入れ知恵でもしましたか？　メディア対策担当でも付けたかな？」

「警察の皆さんが張り付いてるからじゃないの。これだけうじゃうじゃいれば、いくらなんでも大丈夫だろう」

デイヴがそっけなく答える。

「でも、ロバート叔父さんは毒を飲んだ」

「──こう言っちゃなんだけど、あれで警察は本気になったよな」

キースが言いにくそうに口を挟んだ。

「親父が毒を盛ったと？」

アーサーがキースを見る。

「なるほど、その手があったか。脅迫が見せかけでないと示して、警察に本気になっていただくと」

リセが力ない笑い声を上げた。

「本当に、こちらのご当主は徹底してご家族に人気がないのね」

「我々は皆あの男を反面教師として成長してきたからね」

当然、という表情でアーサーが応える。

「およそ英国紳士から遠いところにいる男だし、僕はあの男を見ると『怯懦《きょうだ》』という言葉が頭に浮かぶね」

「興味深い人間であることは確かだ。近くにいない限りはな」

アレン叔父も同意する。

「何か裏取引でもあったかな」

デイヴが呟いた。

「え？」

みんながデイヴに注目する。デイヴは肩をすくめる。

「なんかね、ディナーでの様子を見ていて、もしかして『聖なる魚』とやらと、なんらかの交渉が成立したんじゃないかと思ったんだ。親父は見えない悪意に対しては気が弱いけど、現物や人を前にした時の交渉や駆け引きにはめっぽう強い。あるいは、あの『聖杯』をなんらかのダシに使って、裏取引でも持ち掛けたんじゃないかって気がした。だからあんなに堂々と公開したんじゃないか、あれが交換条件の一つなんじゃないかって」

「ほう。なるほどね」

アレン叔父が唸《うな》る。

アーサーも、我が弟ながらその視点には感心する。デイヴは親父とは似ても似つかぬさっぱりした気のいい男だが、親父の「現実的な」ところはいちばんよく引き継いでいる。彼が経済界に進むのは適材適所だな、と改めて思った。

「じゃあ、やはりここの滞在者の中に『聖なる魚』がいるってことだね」

キースが腕組みをして考え込んだ。

「『聖なる魚』、もしくはその協力者がこの館の中にいて、あの『聖杯』を見ている――警察はそのことを知ってるんだろうか」

「さあ、どうだろう。警察からの指示という可能性は？」

「素直に従うかな、親父が」

「『祭壇殺人事件』はやっぱり別物？」

アリスが呟く。

「てことになるだろうねえ。たまたま二つの事件が交差したわけ？　凄い偶然といえば偶然だけど」

キースが腑《ふ》に落ちない顔で頬を掻いた。

「あっちの事件の進展はどうかしら。被害者の身元は割れたのかな」

アリスはちらりと窓のほうを見た。

また闇の中に懐中電灯の明かりが見えるのではないかとヒヤリとする。

それを打ち消しながら、アーサーは呟いた。

「タブロイド紙を買いに行けないのが残念だな。やっと『ザ・サン』の文体に慣れたところだったのに」


そう、彼らはこの日の締切には間に合わなかった。

ロンドンからやってきた記者とカメラマンは、今日もE村を歩き回り、なんとかサマになりそうなトピックスを村人から仕入れようと努力してきたが、めぼしいネタはほとんどなかった。

血に飢えた庶民は飽きるのも早いし、より大量の血液を求めているので、次々と「祭壇殺人事件」の新情報を輸血のごとく注入し続けないと紙面はたちまち生気を失い、貧血気味になってしまうのである。

なにより、被害者の身元が分からないというのは厳しかった。被害者さえ割れれば、家族に経歴、姿を消すまでの足取りなど調べようがあるし、過去のドラマを発掘することができるのだが、身元不明でゴロンと転がった肉塊、というだけでは感情移入のしようがないというものだ。

若い男性でしかも二人。それがどちらも身元知れずというのは痛い。もっとも、遺留品も指紋も歯型もないのだから、身元を確認するのがむつかしいというのは、今日び誰でも知っている。

同一犯なのか、模倣犯なのかも分からない。目撃者は極端に少なく、最初の遺体は、まるでどこからともなく現れたかのような言われようで、記者は村での滞在日数が増えるにつれ、だんだん得体の知れない気味悪さを感じるようになっていた。

折りしも秋は深まり、陰鬱な長い冬がすぐそこまでやってきているので、猟奇的殺人事件としての雰囲気もバッチリである。

当然、足を棒にした挙句、村に何軒かあるパブに各社の顔見知りの記者がたむろすることになる。どの社の顔もどんよりと疲れ気味で、酒量ばかりが増える。滞在費もいつまで出るか分からない。ロンドンのデスクは「ムダ金遣わずにとっとと帰ってこい」と言いたいのだが、もし何かがあってよそに抜かれるのも困るので、イライラしつつ何かの展開を待っている、という状況である。

カメラマンはいかにも強面パパラッチの見かけによらず、バードウォッチングが趣味だという。撮るものがないと鳥を撮っている。記者には自然愛護の趣味はない。よって、彼の酒量はますます増えた。パブで近頃流行りのベルギーの白ビールを飲む。

「さすがに、こんなに真っ暗じゃ鳥は撮れないな」

デジタルカメラでこれまで撮った写真をチェックしているカメラマンに、記者は嫌みを言った。が、カメラマンは意に介さない。

「いや、このへんには、結構珍しいコノハズクがいるんだ」

「なんだ、そりゃ」

「ミミズクの一種さ。ちょっと探してみる」

カメラマンはウイスキーをくいっと呑み干し、席を立った。

「ついでに死体もな」

半ばやけくその記者がグラスを掲げてみせる。

カメラマンはパブの喧噪を抜け出し、近年の世界的潮流に倣い、外で煙草を吸っている知り合いに挨拶する。

冷たい霧が喉の奥に流れこんでくる。

さすがにロンドンの霧とは違って、霧の中の不純物は少ないようだ。

すぐに帽子と髪がじっとり濡れるのがつらいけれど、ジャンパーを着込んでいるので身体は暖かい。

夜の霧は重く、何か物言いたげだ。

身体にまとわりつき、からみつく。たちまち身体が重くなったが、彼の耳は遠くでの鳴き声を拾っていた。

ホウ、ホウ、というミミズクの声。

鳥の声の方角を見極めるのは結構むつかしい。

カメラマンは耳を澄ませ、ゆっくりと土を踏みしめて歩いていく。

こうして鳥を探して霧の中を歩いていると、子供の頃に戻ったような気がする。祖父と生垣の中に鳥の巣を探し、祖母とベリーを摘んだのがつい最近のように思えるが、実際はもう三十年も経っているのが不思議に思える。

時折ミミズクの声が聞こえるのだが、なかなか姿は見えない。背後から聞こえるのか、前方から聞こえるのかも分からず、彼は右往左往したが、それでも声は近くからするので、遠ざかっているわけではなさそうだった。

遠くがぼんやり青い光で明るいのは、パトカーの明かりのせいだった。

第二の事件が起きたお屋敷にはお偉いさんがいるらしく、大勢の警官が警備に動員されているという。とんだ税金の無駄遣いだ。

不意に、疲れが足に来た。

頭は冴えて、とっくに酒が飛んでいるのだが、昼間も歩きまわったし、足のほうには残っているのだ。

カメラマンは座るところを探した。

農道の外れに一本の木があり、その下にベンチらしきものが見える。

明かりはないのだが、周囲はぼんやりと明るかった。目が慣れたのか物が見分けられないほどではない。

カメラマンはゆっくりとベンチに腰を下ろした。

尻が冷たいが、水が染みるほどではない。

何気なく腕時計を見た。

午前零時七分。

いつのまにか日を跨いでいた。

やれやれ、この村でとんだ長逗留だ。

カメラマンはため息を吐いた。

その時、頭上からホウ、と声が降ってきた。

反射的にカメラを向ける。灯台下暗し。こんな近くにいるとは。

何かがバサッと飛び立つ気配がした。

その影に向かってシャッターを切る。

それと同時にパッと遠くで火柱が上がるのが見えた。

遅れて、ドスンと地面を伝って重い音が腹に響く。


爆発音？


カメラマンは反射的に立ち上がり、火柱に向かって続けざまにシャッターを切る。

明るい火柱はつかのまゆっくりと闇を照らしたが、やがて暗赤色になり、すぐに見えなくなった。

目を凝らすが、すべてが闇の中に消えてしまっている。

カメラマンは火柱が見えたほうに向かって走った。

何かが起きたことは間違いない。

やがて、パラパラと音がすることに気付いた。

何かが降ってくる。雨か。

だが、雨にしては感触がおかしかった。

何かねっとりしているし、時々硬いものやブツブツしたものが混じっている。

なんだ、これ。

カメラマンはイライラしつつ肩や頭を拭った。粘っこい感触。指に残るぐにゃりとしたもの。

彼はデジカメの画像の明かりで、何気なく指を見た。

それは、雨ではなかった。

彼の知っている、無色透明な水ではなかった。

彼の手は真っ赤だった。いや、茶褐色のものや、黒っぽいものも混じっていた。

彼は悟った。

彼の全身に降り注いでいるのは、かつて生きていたもの、脈打つ心臓を体内に有していたものの肉片であり、血液であるということを。

【第6章】

ミッシング

それは日付も変わろうかという、十月三十日の夜遅くのことだった。

「実際問題として、次はいったいどういう手で来るんだろうな」

アーサーは呟いた。

「実際問題として？」

キースが聞き返す。

夜も更けて、部屋の中には弛緩《しかん》した疲労感が漂っていた。

「そう。いよいよ明日は――もう少しで『今日』だけど――本番当日、ハロウィンだ」

アーサーはなんとなく天井を見上げた。まるで、そこに「明日」がぶら下がっているとでもいうかのように。

「『聖なる魚』なる人物は、おのれの犯行を一貫して力強く予告しているわけですよね。日付まではっきりと。当然、警戒され、警備されることを予想しているわけだ」

「だろうね」

皆が頷く。

「ご覧のとおり、ハードルは高い。田舎の屋敷で警察が張り付いている。しかも、その周囲にはマスコミまで。二重三重の監視がある。こんな状態でどうやって親父に近付く？」

「『聖なる魚』は、どこまで予想してたんだろうか？」

デイヴが足を組み替えつつ言った。

「やっぱり、こいつは『祭壇殺人事件』とは関係ないんじゃないかなあ。いくら華麗なる犯行予告があるとはいえ、こんなに話をややこしくすることはないだろう。警備はともかく、やりにくくなることは間違いないじゃないか」

「そうよねえ。ここまで大挙して警視庁がやってくるとは思わなかったでしょうねえ」

アリスが肩をすくめる。

「単独犯でないとすれば、この状況も説明がつくんじゃなくて？」

そう言い出したのは、相変わらず淡々とした口調のリセだ。

アーサーは、すっかり慣れっこになった目つきで彼女を観察する。

この娘は、親父の性格をきちんと把握した上での予告ではないかと言っていた。では、彼女は？　彼女は親父の性格を把握しているのだろうか。もしくは、以前から把握していたのだろうか。アリスに聞いて？　それとも、その前から？

「共犯者がいると？」

デイヴが尋ねる。

「ええ。『聖なる魚』がチームだとすれば、人数が増えれば増えるほど屋敷に入りこみやすくなるんじゃないかしら」

チーム。それは考えていなかった。

アーサーは意表を突かれた。あのクラシカルな手紙の内容から、復讐に燃えた単独犯のような気がしていた。共犯者がいるかもしれないと思っても、せいぜい一人だと思っていた。だが、文面から受ける冷静さ、屋敷の中に毒入りの酒を忍ばせておいた陰湿さなど、確かにチームの匂いが感じられなくもない。

「言えてるな」

アレン叔父が腕組みをし、頭を前後に揺らした。

「だが、やはり、しょせんは堂々巡りで最初の疑問に戻ってくるな。そこまでの恨みを買うような行為とは、いったいなんだ？」

みんながなんとなく顔を見合わせた。

「むろん、あいつを始めうちの連中が好かれていないのは知っているし、大なり小なり恨まれてることは承知してるが、なぜ『今』なんだ？　直接の原因はなんだ？」

アレン叔父の言葉は、みんなの疑問を代弁していた。

「誰があいつを脅しているのかはもちろんだが、実は『なぜ、今、この時期』なのかが重要な気がするね」

アーサーもそんな気がした。

誰が、なぜ、という目先の疑問に紛れて、何か他の大きなことが見えなくなっているような。

その時、誰もがふっと黙り込み、それから顔を上げた。

アーサーもその一人で、顔を上げてみんなの顔が目に入ったとたん、すべての目にクエスチョン・マークが浮かんだように見えた。


「何、あれ」


アリスが抑揚のない声で呟いた。

「何か聞こえる——誰か、外で騒いでる？」

「しっ」

みんなが息を止め、耳を澄ました。

遠くのほうから、複数の音が重なりあって聞こえてくる。

屋敷の外だ。

「鳥——犬？」

キースが窓を振り返る。

またしても外だ。あの時と同様、夜中。

みんなが目に見えて緊張するのが分かった。青ざめた顔で外に目をやる。振り回されている懐中電灯の明かりが見えるような錯覚。

しかし、今日はなんの光も見えず、窓の外は漆黒の闇だった。

聞こえる。

みんなが黙り込む。

確かに、人の声ではない。ギャアギャアという声は、鳥の声のようだし、低く吠える犬の声も混じっているように聞こえる。

「何かしら。なんで騒いでるの?」

アリスが声を潜める。

「どうする? 見に行くか」

デイヴがアーサーの顔を覗き込んだ。

アーサーは迷った。暗がりにぼんやりと浮かびあがっていた、あの黒い塊が目に浮かぶ。またあんなものを見ることになったら。

「また警備員を呼ぶはめになりそうだな」

キースが呟き、受話器を取り上げた。

「あれ」

受話器を耳に当て、次に離してフックを押す。

「繋がってない」

「なんだって？」

アーサーはキースから受話器を受け取り、耳に当てた。馴染みのツーという音はなく、うんともすんとも言わない。

電話線を切られてる？

背中がヒヤリとした。思わずぐるりと周囲を見回し、カーテンを開けたままの窓の外を見る。

誰かがそこにいて、こちらを窺っているような気がした。次は明かりが消えるのではないか？

「電話が通じない。内線が掛けられない」

アーサーがそう言うと、みんなが動揺して腰を浮かせた。

「どうする」

「様子を見に行くか」

「外に出ないほうがいいかもよ」

口々に早口でしゃべりつつ、誰もが立ち上がっている。

相変わらず、遠くから獣の声が重なりあって聞こえてくる。その殺気立った声が不安を募らせる。

「どっちから聞こえてくるんだ？」

キースが窓に近寄った。

「西のほう——池のある方向に聞こえるんだけど」

アリスが自信なげな声で答える。

次の瞬間、パッと窓の外が明るくなった。

誰もが声にならない声を上げ、身体をかがめた。

一瞬遅れて、音と衝撃が来た。

ビリビリという窓ガラスの振動、ずしんという衝撃音。

「伏せろ！」

アレン叔父が叫ぶのと同時に、ガラスが割れる音が部屋を包んだ。

誰もが頭を手で覆い、床にうずくまる。

バラバラと細かい破片が降り注いだ。

きな臭い匂いと、何か猛々しい、正体の分からない匂いが部屋の中にもうもうと立ち込める。

どのくらいそうしていたのか、やがて辺りは静かになった。

「――みんな、大丈夫か」

キースがのろのろと呟いた。

誰もがじっとしていたが、思い出したように動き出す。

ガラスの破片が床に落ちる音、床に落ちた破片を靴で踏む音。

ぎくしゃくとした動きで、みんなが顔を上げる。

「うわっ」

デイヴの短い悲鳴が上がり、飛びのく気配がした。

「リセ、大丈夫？」

アリスの心配そうな声。「大丈夫よ」という落ち着いた声が聞こえ、顔を上げるのが分かった。

アーサーも恐る恐る顔を上げる。髪や肩から、ぱらぱらとガラスの欠片が落ちていく。

ふと、目の前に落ちている塊に気付いた。

濡れて赤黒い、毛の生えたもの——

床の上には、ちぎれた獣の肢《あし》が、肉球を上に向けて床の上に転がっていた。

その正体に気付き、アーサーは反射的に口に手を当てていた。

「うっ」

それからの騒ぎは、まるで前日の夜の映像を巻き戻してもう一度繰り返しているかのようなデジャ・ビュを皆に感じさせた。

いや、それ以上の騒ぎである。今回は破壊行為が伴い、部屋の中はガラスの破片で足の踏み場もない。

保険の請求が大変だな。

アーサーは、みんなの頭や肩がキラキラ光っているのを見て、自分の頭と身体から細かいガラスの欠片を用心してそっと手で払った。

他の屋敷のほうから、重なり合って悲鳴と怒号が聞こえてくる。

爆発が起きてから、五分以上経っている。なるほど、何か事故が起きた時、感情は遅れてやってくるものらしい。その声を合図にしたかのように、あちこちにパッと照明が点いた。

サーチライトや懐中電灯など明かりの大きさはまちまちで、まるで昼間のように敷地内が明るくなり、またしても芝生の上に犬と警官が溢れ出してくるのが分かった。

警官の罵声《ばせい》が聞こえる。

これだけ警官が待機していたにもかかわらず、騒ぎを起こした馬鹿に、怒り、あきれ、罵っているらしい。

まだ煙が立ちこめ、火薬の匂いが漂っている。爆発騒ぎを引き起こした張本人はそんなに遠くまで行っていないはずだ。あっという間に犯人を包囲できるに違いない。

そういう期待もあるだろう。

だが、そんな簡単な話だろうか。

今度はすぐにつかまるだろう、と思ったのもつかのま、アーサーはすぐに疑念が湧いてくるのを感じた。

この、次々と思いもよらぬ罠を仕掛けてくる敵が、すぐにつかまるようなドジを踏むだろうか？

「うひゃー、今度はスプラッタ映画になっちゃったわねー」

アリスの声が響く。

ちぎれた獣の肢には度肝を抜かれたが、幸い他には血しぶきは飛んでいないようだった。少なくともこの部屋には怪我人も出ていないようである。

しかし、二面の窓がほとんど割れてしまっているので、この部屋にいるのは無理そうだった。キースは部屋を移動せざるを得まい。

「これはどういうことなんだろう？　爆発に犬が巻き込まれたってことか？」

赤黒い塊を見下ろしつつ、デイヴが呟いた。リセをその塊から遠ざけるように立ちはだかっている。

なかなかよい心がけだ、とアーサーは内心弟に向かって話しかけていた。でも、その娘は別におまえに守ってもらう必要はなさそうだぞ。知ってるだろうが、念のために言っとくと、女っていうのは、平素から俺たちよりも遥かに沢山の血を見慣れてるんだからな。

「――きっと、犬の身体に爆薬を巻きつけて放したんだと思うわ」

デイヴの背後でリセが言った。

「なるほど」

すぐに頷いたのはアレン叔父である。

「移動していく獣の声がした。林のほうから、裏庭のほうに」

彼はスッと指を地面と平行に動かしてみせた。

リセも頷き返す。

「たぶん、餌でおびき寄せて犬を眠らせておいたのね。身体に爆薬を巻きつけて林の中に寝かせ、数時間後に起爆するようにタイマーをセットしておいたんじゃないかしら。目を覚ました犬は動き出して林から飛び出し、裏庭を駆け回る。林の中で眠っていた鳥を起こして、騒ぎ出す」

まるで見てきたかのように言うな、とアーサーは思った。

突然の爆発に動揺している現場で、ほんの少しの情報からたいへん筋の通った説明。やはりこのお嬢さんは素晴らしい。

「確かに、それなら説明がつくわね。向こうで鳥だか犬だかが騒いでいるのが聞こえたもの」

アリスが庭のほうを覗きこんだ。

みんながのろのろと動き出し、それぞれの靴の下でガラスの割れる鈍い音が響く。

落ち着いてくると、素通しになった窓から吹き込む寒風が身にしみる。

キースが腕を抱いて、ぶるっと肩を震わせた。

「移動しよう。どのみち、この部屋で寝るのは無理だよ」

「どこに行く？」

「荷物は？」

アリスが部屋の中の楽器やスーツケースに目をやると、キースは肩をすくめた。

「このままにしとくよ。鑑識が来るかもしれないし、きっとまた事情聴取だろう」

「うわ、髪の毛にもガラスが」

何気なく頭に手をやったアリスがパッと手を離し、プールから上がった犬のごとく、頭を振り回して破片を払った。

「遺跡の砂埃よりタチが悪いわ」

「ところで、親父は無事だったのかな」

デイヴが思い出したように言った。

「大丈夫なんじゃないか。あんな時間に庭に出てたんなら別だけどね」

ぞろぞろと連れ立って外に出ると、まるで戸外のほうが室内のように賑やかで明るかった。

他の屋敷からも、客や使用人が出てきて不安そうに爆発のあった方角を見ている。

「下がって！　こちらに来ないで！　家の中で待機していてください！」

がたいのいい警官が叫んでいる。しかし、誰も引き返そうとしなかった。何が起きているのか知りたいのだろう。あんな派手な爆発があったとなっては、当然だ。睡眠の妨げどころか、生存の妨げにもなりかねない。

またしても大量の黄色いテープが張りめぐらされようとしていて、館の住人の行動範囲はますます狭まりそうだった。まるで、黄色い蜘蛛の巣に、屋敷全体が搦《から》め捕《と》られているかのように見える。

警官たちが険しい顔で、連絡を取り合いながら足早に駆け回っている。

遠くのほうから救急車の明かりが近付いてくるのが見え、アーサーはハッとした。

救急車だと？

「誰か怪我した人間がいるのかな」

アーサーが呟くと、皆が同じことを考えたらしく、じっと硬い表情で救急車の明かりに目を凝らした。

「親父なのか？　ついに、やられちまったのか？」

デイヴが青ざめた顔でアーサーをちらっと見た。互いの顔に、不安と混乱を確認しあう。

「情報がほしい」

アーサーは歩き出した。

「おい、どこに行くんだ」

「警備本部があるはずだ。刑事を探す」

アーサーは、爆発があった方向に歩き出した。大勢の人間が枯れ草の上に散らばって、どうやら爆発で飛び散ったものを探し回っている様子である。

後ろからデイヴもついてきた。さすがに、アリスたちは後ろで固まって二人が歩いていくのを注視している。

煌々と照らし出された夜の庭は、目がハレーションを起こすのではないかと思うほど明るかったが、なぜか全く色彩がなく、モノクロの映画の中にでも入りこんだような心地になった。

地面に水玉模様が飛び散っていると思ったのは、どうやら爆発物を身体にまとっていたであろう動物だったものの残骸らしい。

そう気付いた瞬間、思わず背筋が凍るような気がしたが、あまり意識しないように努めた。

「おい、アーサー」

突然、後ろで弟が足を止め、ゾッとするような声で兄を呼び止めた。

「なんだ？」

見ると、デイヴが凍りついたように枯れた植え込みに目をやっている。

「どうし――」

そう言い掛けて、アーサーも彼が見ているものに目を留める。

ハッと全身が硬直するのが分かった。

自分が見ているものが何であるか、意識が把握するよりも前に身体が反応したのだ。

そこにあるのは、自分と同じ構成物の一部である。

植え込みの上に乗っかっている、白っぽい物体。

それは、指の一部だった。

動物のものではない。明らかに、人間のものである。乾きかけた血のついた爪が、はっきりと認められたからだ。

全身の血が逆流するのが分かった。頭から血が引いて、文字通り、体温が二、三度下がったような気がした。

「そんな」

喉の奥で、何かがごぼっと音を立てた。

強烈な吐き気が込み上げてくる。

顔を背けて、思わずかがみこんだ。心臓がどきどきと激しく打っている。

さっき、部屋の中で見たのは確かに動物の肢だった。絶対に人間のものではなかった。肉球もあったし、あれは動物だ。

しかし、今見たものは明らかに——

デイヴが吐いているのが視界の隅に見えた。さすがに、彼もショックだったのだろう。アーサーも吐こうとしたが、何も吐くものが出てこなかった。それよりも、いっ

魅せられた。
柏葉幸子
この物語があればいい！
紅玉いづき
懐かしい幻想
柳野かなた
毛布にくるまって読みふけった
あの頃のあなたへ
波瀾に満ちた別世界
田中芳樹
読後、放心
恒川光太郎
レーエンデ国物語
多崎 礼
2023年6月14日発売
KODANSHA

少女の冒険に絶賛の声!!
こんなファンタジーを待っていた!

『アルスラーン戦記』
田中芳樹

この波瀾に満ちた別世界を
ヒロインとともに歩めるのは
読者《あなた》の特権です。

『霧のむこうのふしぎな町』
柏葉幸子

魅せられた。
銀呪の地、レーエンデに。
ファンタジーはこうでなくっちゃ!

『夜市』『金色機械』
恒川光太郎

読後、放心し、
空を見上げ、トリスタン、と呟く。

『ミミズクと夜の王』
紅玉いづき

これから寝床に入る者は幸福だ。
朝よ来るなと怯える夜も、
この物語があればいい!

『最果てのパラディン』
柳野かなた

懐かしい幻想の薫りに浸る、
幸せな読書でした。
—行こう。恐ろしくも美しい、
レーエンデの国へ。

試し読みはこちらから

たい何が起きているのか、全身の細胞が必死に探ろうとしているのが分かった。

が、改めて思いついてぎょっとする。

つまり、この辺りに散らばっているのは、動物の欠片だけではなく、人間のものも含まれているということなのか。

その瞬間、身体じゅうの毛穴が一斉に開き、恐怖の匂いを撒き散らした。

ブラックローズハウスの庭は、人間だったもので覆われているというのか。

今度こそ、胃袋の底から苦いものが込み上げてきてアーサーは吐いた。

「こちらに入ってはいけません、戻って！」

すぐ近くで鋭い叫び声がした。

忠告されるまでもなく、今すぐに尻尾を巻いて引き返したいが、胃袋の中のものがなくなるまでは無理だ。

相手も、こちらが生理的衝動に身を任せているのに気付いた。

ようやく吐き気が治まり、力なく顔を上げると、厳しい目をしたハミルトン刑事の姿が目に入った。相手のほうも、ここで情けなく身体を折って証拠物件を台無しにしている馬鹿がアーサーだと気付いたようである。

「――そこに、指が」

アーサーはそう言うのが精一杯だった。しかも、限りなく弱々しい声なのが情けない。

「まさか、人間を？」

ハミルトン刑事を見上げると、無言だった。つまり、否定しないということだ。

「犬が一匹と、たぶん人間。それが爆発でふっとんだらしい」

ハミルトン刑事は低く呟いた。

「向こうで、たまたま鳥を撮影していたカメラマンがいましてね」

「鳥？」

一瞬、聞き間違えたのかと思ったが、刑事が真顔なところを見ると、冗談ではなさそうだ。

「フクロウを撮るのが趣味だとか。この辺りには珍しい鳥がいるんだそうです」

ハミルトン刑事も、肩をすくめてみせる。

「彼は、爆発の瞬間を見ている。そうしたら、人間の欠片らしきものが降ってきたと、こちらの警備本部に連絡してきた」

「誰なんです？」

立ち直ったデイヴが、話に加わった。

「分かりません。発見された肉体の一部から見て、成人男性のようです」

ハミルトン刑事は静かに話し続ける。

「そして」

短い間があった。

「こちらの当主――オズワルド・レミントン氏の姿が見えません。部屋にも、どこにもいらっしゃらない。現在、行方不明で、皆で捜索中です」

「行方不明」

「親父が？」

のろのろと呟き、アーサーとデイヴは、どちらからともなく顔を見合わせた。

ハミルトン刑事は何も言わず、かかってきた携帯電話に早口で指示を出している。

「いいですね、ここはまだ鑑識が入ります。部屋に戻って、待機していてください。あとで伺います」

踵を返して駆けていく刑事の背中を見ながら、煌々と明るい真夜中の庭で、二人は沈黙したまま立ち尽くしている。

【第7章】イリュージョン

かくして、「聖なる魚」の予告通り、呪われたハロウィンの一日はこの上なく凄惨《せいさん》な形で幕を開けた。

情報収集のため警備本部を探しに行ったアーサーとデイヴが酸鼻を極める現場を目の当たりにし、胃の中を空っぽにしてふらふらになって戻ってきてみると、怪我人こそ出なかったものの、羊の館の約半分の窓ガラスが吹っ飛び、館の中はガラスの破片が廊下や部屋に散乱し、外気が吹き込んで氷室のような寒さである。

もっとも、主に破壊されたのは廊下側の窓ガラスだったため、部屋のガラスがダメになったのはキースのいた部屋だけで、彼だけが他の部屋に移動することになった。

とりあえず、アーサーの部屋に移動する。

辺りは白昼のような明るさで、大勢の人が行き交っていて、騒ぎはいっこうに収まる気配がない。

庭に目をやると、とても現実のものとは思えぬ光景がそこに広がっている。

あの一帯に散らばっている、生き物の欠片のことは考えたくなかった。

アーサーは、思わず身震いし、首を振った。

考えてはいけない、あそこで見た指の一部のことなど、決して。

また胃の奥から込み上げてくるものがあり、慌てて浮かんできたイメージを取り消す。

「俺、眠れそうにないや」

無言だったデイヴが弱気に呟いた。

眠れないのはデイヴだけではないようだった。

なにしろ騒がしいし明るいし、窓が壊れているので隙間風と音が素通しである。とうてい休む雰囲気ではなく、再びごそごそと皆が集まってきた。

キースの部屋ほどは広くないが、ソファとベッドに皆があいだを詰めて座っている様子は、内心の動揺を示していた。あまり遠くに離れたくない――言い換えれば、一人になりたくないのだ。

「どうだったの」

情報を求める皆に見つめられ、アーサーとデイヴは、気まずく顔を見合わせた。

爆発したのは犬だけでなく、成人男性も一緒らしい、と申し出るのは気が重い。しかも、その成人男性は身内かもしれない、というのは余計に。

「親父が行方不明らしい」

アーサーは、小さく咳払いをし、青ざめた顔で呟いた。

「行方不明？　どういうこと？」

アリスが聞きとがめる。

「まさか、さっきの爆発に巻きこまれたわけじゃないわよね？」

例によって勘のいいリセが指摘した。

アーサーは力なく首を振る。

「分からない。だが、成人男性一人と犬が犠牲になったようだ」

皆のあいだに衝撃が走った。

「パパなの？」

アリスが叫ぶ。

「分からない。身元は今調べているところだって」

デイヴが首を振って、自分に言い聞かせるように言った。誰とも目を合わせようとしないことから、彼もその可能性について考えていることは間違いない。

気まずい沈黙が降りる。

さんざん悪口を言ってきたし、実際いけすかない人物ではあるが、あんな死に方をしていいというわけではない。

「──爆発は、また林のほうだったな」

アレン叔父がそっと、壁の向こうにあるであろう林のほうに目をやった。

「昨日も林、今日も林。まあ、人目を避けるんだったら、誰でもあっちのほうでそうする。他のところは結構見通しが利くからな」

「西の館の跡地の池もありますしね。身体を隠すには都合がいいでしょう。当然、い

恩田陸さんおすすめ！

遺留品の服から
未解決事件に迫る
新機軸クライム・ミステリー！

小さな仕立て屋を営む桐ヶ谷京介は
美術解剖学と服飾の知識によって
過去の犯罪に近づくことができる。

講談社文庫

累計100万部突破！

「理瀬」シリーズ、文庫最新作！

巨石の上の切断死体、
聖杯、呪われた一族――。
正統派ゴシック・ミステリの到達点！

講談社文庫

ちばん近いのはここ羊の館だから、目撃したりガラスを壊されたりする羽目になった」

アーサーも、アレン叔父の視線の先を見た。

「だとすると、もしあいつがさっきの爆発の位置で吹っ飛ばされたんなら、あいつはわざわざ北の館からあそこまで出てきたことになる」

「そうですね。変だな」

キースも頷いた。

「こんな夜中に、あいつがのこのこ林のほうに出てくるだろうか。まさに殺人予告された日の前日だぞ。俺があいつなら、しっかり鍵を掛けて部屋に閉じこもってる。警察にノックされたって、誰がなんと言っても信用せずに扉は開けないな」

「確かに」

一同がその場面を想像したらしく、同時に頷いた。

「脅されたか、拉致されたんじゃないの？」

アリスが気味悪そうにみんなの顔を見回した。

キースが一笑に付した。

「そんな馬鹿な。これだけ警官がいるんだぞ。見張りも立ってただろう。なのに、夜中に北の館から出てきたなんて」

「つまり、親父が進んでこっそり抜け出してきたと？」

アーサーは叔父を見た。

「そういうことになるな。警察の目を盗んで、なんとかして出てきたんだ」

「あるいは、信用していた人物におびき出されたとか」

「信用していた人間――」

みんなが思わず互いの顔を見るのが分かった。

正直、そんな人間が多くいたとは思えない。ここにいる面子なら、比較的信用していたはずだ、という気持ちと、かといってまさかこの中にあの男を呼び出した者がいるとは思えない、という表情である。

「だけど」

デイヴが首をかしげた。

「どうやって北の館を出たんだろう。親父のいる部屋は二階で、バルコニーもない。さっき、あの刑事は『姿が見えない』と言っていた。部屋にも、どこにもいない、と。『出て行った』とは言わなかった。あの部屋を、こっそり抜け出せるはずがない」

なかなか鋭いな、とアーサーは弟の記憶力に感心した。動転して吐いたばかりだったのに、ちゃんと話を覚えていたのだ。

「まだどこかに隠れてるんじゃないの？　爆発音がしたから怖くなって、クローゼットとか隠し部屋とかに閉じこもってるんだわ」

　アリスが真顔で言った。

　言われてみると、どこかで身体を縮めて隠れている、というほうがリアルに想像できた。一人で夜中の庭に出てくるところよりもずっと。

「だけど、大勢で探しているみたいだったぜ。そんなに都合よく隠れる場所があったかな」

　デイヴは懐疑的だ。

「それに、隠れてるんなら、もう出てきてもいいだろう。かくれんぼじゃあるまいし、見つけてもらうのを待ってるわけじゃないよな？」

　見つけてもらうのを待ってる。

　ふと、アーサーは何かが気に掛かるのを感じた。なんだったろう？

　チカッ、と脳裏に光が揺れるのを見た。

　ああ、そうだ、昨日の林の中の遺体だ。懐中電灯を振り回し、俺たちの目に留まるようにしていた誰か。

　あれは、本当に、遺体を見つけさせるためだったのだろうか？　別に目的があったのだとしたら？

「いったいどんなふうに爆発したのかしら」

リセが呟いた。

「どんなふうにっていうのは？」

アリスが先を促す。

「犬が吠えて、鳥が騒いでいるのが聞こえたわよね。あたしはてっきり、犬の身体に爆発物がくくりつけられてたんだと思ったけど、同時に人も吹き飛ばされているということは、爆発物のそばに人と犬がいたということね」

「侵入者が、どこかを吹き飛ばそうとしていて、犬に見つかって、間違えて爆発させちまったとか？」

デイヴが腕組みをしつつ呟く。

「どこかって、親父をってことか？　あるいはブラックローズハウスを？」

アーサーが聞き返すと、彼は「うーん」と唸った。

と、その時、やけに大きく呼び鈴が鳴った。

みんながぎょっとして腰を浮かせる。

「どこで鳴ってるんだ？」

「玄関のほうだ」

「誰か来たらしい」

なんとなく、みんなで顔を見合わせ、アーサーとデイヴで見に行くことにした。

冷たい風が吹きぬける廊下を抜けて玄関に出ると、玄関脇の壊れた小窓から、ハミルトン刑事がこちらを窺っているのが見えた。

「すみません、夜分遅くに」

アーサーはどきんとした。ハミルトン刑事の顔には、何かを報告しなければならない人間の決意のようなものが浮かんでいたからだ。

「いいえ、何か分かりましたか」

アーサーは心の準備をしながら声を掛け、ドアを開けた。

「お父様ではありません」

刑事は単刀直入に言った。

「え」

アーサーとデイヴは思わず声を上げてしまう。

「親父じゃない？　あのばらばらになった遺体のことですよね？」

デイヴが勢いこんで刑事に詰め寄る。

「はい」

刑事はこっくりと頷いた。

「ええと――腕が見つかりまして――比較的、損傷の少ない右腕です。それを見た限りでは、若い男性です。せいぜい二、三十代の」

言いにくそうにしているのは、損傷が少ないとはいっても無残な状態には変わりないからだろう。

「なるほど、親父の腕とは見間違えようがありませんね」

アーサーは納得した。

「それに、指紋もお父様とは違いました。ですから、犠牲者はお父様ではありません」

「よかった。ありがとうございます」

ホッと兄弟で胸を撫で下ろす。

「でも、親父が見つかっていないことにはまだ変わりないんですよね？」

アーサーが尋ねると、ハミルトン刑事は無言で頷いた。

「どういう状況だったんですか？　さっき、『姿が見えない』とおっしゃいましたが、どこかに行くところを誰かが見ていたんじゃないんですか」

デイヴが更に身を乗り出した。ハミルトン刑事は「おや」という顔になる。彼も、自分が発した言葉をデイヴが覚えていたことに感心しているのだろう。

「実は」

刑事はつかのまためらったが、口を開いた。

「言い訳に聞こえるかもしれませんが、部屋の中から消えてしまったというのがぴったりな状況なんです。廊下にいた見張り二人は誰も部屋から出てこなかったと言っています。窓の下にもいましたが、そちらも何も異状はなかったと」

「お袋は？」

「先にベッドに入って休んでいたので、知らないとおっしゃっています。お父様は、続き部屋のほうで本を読んでいると思っていたそうです」

「部屋のどこにもいない？　ええと――クローゼットとかにも？」

念のため聞いてみたが、ハミルトン刑事は左右に首を振った。

「いらっしゃいません。窓も鍵が掛かっていました」

「密室か」

アーサーは思わずそう呟いてしまい、子供っぽい感想だったと、言ってから恥ずかしくなった。

ハミルトン刑事は、気付かないふりをした。

「でも、お母様のお話では、コートがなくなっているそうです。ですので、外に出るつもりだったのは間違いありません」

「出かけるつもりだった？　親父が？　今夜？」

そう聞き返したのは、殺人予告の出ている日の前夜に外出などするはずがないからだ。

「ええ。外に出るつもりだったようです」

アーサーの言いたいことは分かっている、という目つきで刑事は頷いた。

「誰かに会う予定だったんでしょうか」

「それは分かりません。誰もそんな予定は聞いていなかったようですが」

「でしょうね。僕たちも、今そのことについて話していたところです。あの親父が、今夜に限って外に出るはずがない。出るのなら、何かよほどの事情があったんじゃないかと」

「爆発事件が、お父様に対する予告と関係あるのかどうかまだ分かりません。別々の事件かもしれない」

「あれは、祭壇殺人事件の続きだというんですか？　昨日の事件の続きだと？」

「それも捜査中です」

「あれが、昨日の事件の続きだとしたら、どうしてあんなことをしたんでしょう」

「あんなというのは？」

「連続殺人だったら、やり方を踏襲するものでしょう。首と両手首を切り離し、胴体をまっぷたつにしていたのに、なぜ今夜は爆発だったのか」

しかも、立て続けに、同じ場所で。そんな危険を冒すだろうか。

ハミルトン刑事は、辛抱強く言った。

「あらゆる可能性を考えています。お父様の件を伝えたかったので、先に少し話しておこうと。また朝に続きを」

ハミルトン刑事は、ちらっと腕時計を見た。そろそろ立ち去りたいらしい。アーサーたちが心配していると思ったのだろう。意外に親切な男だ。

「ありがとうございます」

アーサーは慌てて礼を言った。

「あれが祭壇殺人事件の犠牲者かどうかは分かりませんが」

刑事は、ふと思い出したように呟いた。

「初めて身元が割れました。指紋がデータベースに残っていたのでね」

なるほど、それで、親父ではないと断定できたのだ。

「それはよかったですね」

「前科がありました。何度か窃盗でつかまっています」

「じゃあ、祭壇殺人事件の捜査も進展しますね」

「そう期待したいところです。サミュエル・ボーンという男なんですが、この名前に聞き覚えは？」

「サミュエル・ボーン」

アーサーはデイヴと顔を見合わせた。互いの目の中に「知らない」というサインを読み取り、ハミルトン刑事も同じものを読み取ったようだ。

「ご存知ないようですね。もっとも、そんな犯罪者と皆さんとのあいだに接点があるようでも困りますが」

最後のは軽口のようだったが、刑事は顔を引き締めた。

「まだ何が起こるか分からないし、お父様の行方も分かりません。明るくなってからまた、順番にお話を伺うことになると思います。どうぞご用心を」

「よろしくお願いします」

兄弟は神妙に頭を下げた。

何が起こるか分からない。いや、それどころか、俺たちには今何が起きているのかも分かっていないのだ。

アーサーは、心の中でそう呟いていた。

敷地内に骸《むくろ》を撒き散らすことになった犠牲者が当主ではなく、前科のある若者だという知らせは、すぐに部屋で待っている面々に伝えられた。

口には出さないものの、さすがに安堵の空気が流れる。

「でも——少なくとも、前科者が敷地内に侵入してたってことだよね」

アリスが呟いた。

「こんなに警備がいるのに、よく入り込めたわね」

改めて気味が悪くなったらしく、腕をさすっている。

キースがちらっとアーサーを見た。

「それより、爆発したのはそいつの生前なのか死後なのかを知りたいな。刑事はなんて言ってた？」

アーサーはキースの言わんとしていることに思い当たった。

「そう言えば聞かなかったな。つまり、サミュエル・ボーンなる男の死因が爆死なのか、爆発する前に既に死んでたかってことですよね」

「そうだ」

誰もが一瞬黙り込んだ。

それは些かゾッとさせられる想像だった。生きながら爆発させられるなんて、あまりにもむごすぎる。

その想像を打ち消すように、デイヴが淡々と言った。

「ひどい死に方だけど、そいつが被害者だとは限らないぜ。もしかすると、そいつは親父を爆殺するつもりだったのに、間違えて自分を爆発させちまったという可能性もある」

キースが頷く。

「うん、その可能性はあるな。前科者だったという点でも、誰かに雇われて実行犯を引き受けたと考えても不自然じゃない。これが『聖なる魚』の仕業だとすれば、リセが指摘した通り、単独犯ではなくチームっぽいね」

「しかし、あの時代がかった華麗なる犯行予告の割に、ずいぶん荒っぽいやり方できたもんだな。些か幻滅したぞ」

アレン叔父がぶすっとした表情で呟いたので、アーサーは苦笑した。アレン叔父らしいコメントだ。

だが、それはアーサー自身が感じていたことでもあった。

こんな片田舎の夜更けに派手な花火を打ち上げるなんて、近隣じゅうにトラブルを宣伝するようなものだ。あんな陰湿かつ迂遠な脅迫状を送ってきた相手にしては、「らしく」ない。

「爆弾を投げ込んだりしたら、すぐに人が集まってきちゃうのにね」

アリスが馬鹿にするように肩をすくめると、デイヴが「そんなことはないよ」と反論する。

「親父を仕留めるのが目的なら、そっちのほうが確実だ。二重三重の警備を突破して中に入り込むなんていうほうが、非現実的だよ」

「そんな粗暴なチンピラが、犬なんか連れてくるかしら。邪魔になるだけじゃない」

アリスは犯人の使った手段が不満そうだ。

「犬はそいつの犬なのかな。野良犬かもしれない」

「たまたま野良犬が爆発に巻き込まれちゃったっていうの？　有り得ないわよ。でも、もしそいつが犬を連れてきたんだとすれば、何のため？　見張りかしら、護身用かしら」

「そいつ、どんな格好してたのかな」

次々と疑問が飛び出し、アーサーは自分が何も刑事から聞きだしていなかったことを反省した。

この先気をつけないといけないな。情報は入手できる時に入手しないと。チャンスは一度きりだと肝に銘じよう。

「じゃあ、もし、その男が爆発より前に死んでいたとしたら？」

リセがおもむろに尋ねた。

自分で言い出しておきながら、もう死んだ男が当主を爆殺するつもりだったとなんとなく皆と一緒に考え始めていたらしく、キースは意外そうな顔になった。

「その可能性はあるかな」

頬をひっかいてみせるキースに、リセは悠然と言った。

「爆発を起こしたのは『聖なる魚』。とりあえず、そういう前提なのはいいわね?」

キースに替わってアーサーが答える。

「他に起こしそうな奴は思いつかないな。本当はいるのかもしれないけど、今このタイミングで起こしたがってるのはとりあえず『聖なる魚』だけだろう」

「だから、その男が爆発する時に生きていたとすれば、その男は爆発に関わっていたと考えられる。よって、その男は『聖なる魚』の一味である。それもいい?」

「うん」

今度は皆が頷いた。

「それでは、その男が爆発より前に死んでいたとしたら、どうなるの?」

「どうなるって——」

デイヴが困ったように身体をくねらせた。

「どうなると思うんだね、お嬢さん?」

アレン叔父が興味を感じたらしく、腕組みをする。

「その場合、その男は昨夜の事件の関係者だと思うわ」

「どうしてそうなるの?」

アリスが目を丸くして聞き返す。

「だって、その男は爆発の前に死んでいた。つまり、『聖なる魚』とは関係ない。じゃあ、なぜここにやってきたの？　彼はここの当主が脅迫されていることは知らない。なのに、わざわざここにやってきたわけでしょう。それこそ警備がゴマンといるところに」

「うむ」

肯定とも否定とも取れる声でアレン叔父が唸った。

「だとしたら、彼がやってきたのは、前の晩の事件と関係しているとしか考えられないじゃないの。あ、パパラッチでないという条件はあるけど」

「もしそうだとして、なぜやってきたんだ？」

「さあ。もしかして、何かを探しに来たのかも」

「殺人者が、遺留品を回収しに来たのか？」

「そうかもしれないわ——ひょっとして、昨夜あの庭で、初めて『祭壇殺人事件』と『聖なる魚』が交錯したのかもしれない」

初めて交錯した——

その「交錯」という言葉の響きは、なんとなく不気味だった。

この思わせぶり、わざとなのか、天然なのか。それでいて、どこかに真実を秘めているような気がするのはなぜなんだろう。

アーサーは苛立ちを覚えた。

「ふうむ、面白い。で、当主本人はまだ見つかってないんだな？」

アレン叔父がぎろりとアーサーを睨みつけた。

「はい。あ、そうだ、密室問題があったんだ」

「密室だと？」

叔父が繰り返す。

「刑事の話が事実だとすると、親父は部屋から消えてしまったことになる。お袋もいなくなったことに気付かなかったと話してるそうです。ただ、親父のコートがなくなってるらしい。廊下にいた二人の見張りは誰も出入りしていないと言っている」

「北の館のあの部屋だな」

叔父は部屋の中の様子を思い浮かべているようである。

「ほんとに、秘密の通路とか隠し部屋はないんですか？」

アーサーが些か冗談めかして尋ねると、叔父は「ふん」と鼻を鳴らした。

「聞いてないな。だが、聖杯が壁の中から出てくるような屋敷だ。どこかに隠し部屋があっても驚かんがな」

「でも、コートを着ていった、あるいは持っていったということは、やっぱり外に出るつもりだったんだろうね。少なくとも、寒いところに行く自覚はあったわけだ」

「寒いところ——」

リセが呟く。

「地下室とか、ワインセラーとか？　そういうところはある？」

「なくはないが、わざわざコートを着ていくほど寒くもない」

「それはそうね」

「開かずの間」

唐突に、キースが呟いた。

「え？」

デイヴとアリスが同時に聞き返した。

キースは慌てて手を振って苦笑する。

「いや、そういえば、かつて火災があって当時の当主が使用人を閉じ込めたまま焼き殺したという悪名高き西の館の使用人部屋を、いっとき地下倉庫に改造したと聞いたことがあるんだ。結局、西の館は再建されなかったから、ほとんど使われてこなかったんだけどね」

レミントン家が保険で焼け太りしたという、評判の悪い事件。

「本当に？」

初耳だったアーサーはアレン叔父に確認する。

「こっちが聞いたのは、防空壕《ごう》を掘ったたって話だがな。すっかり忘れてた」

「でも、今あそこは池じゃない。あんなところに倉庫なんかあるの？」

アリスが疑わしげな目で皆を見る。

「池を造ったのも、その地下に防空壕があるのを隠すためだったって説もある」

「親父はそこに行ったと？」

キースとアレン叔父は同時に肩をすくめた。

「どうだろうね。ただ、コートを着て出かけるような地下の寒いところ、という条件でそこを思い出しただけさ」

「なんで今夜に限ってそんなところに？」

「さあ。そこにいるのかどうかも分からないし」

アーサーは力なく首を振った。

「やれやれ、秘密の倉庫があるかもしれないなんて、推理小説だったら読者から非難ごうごうだな」

しかも、たいがいの推理小説ではきちんと隅々まで情報が提示されてじっくり安楽椅子の上で推理できるし、むこうみずな探偵が現場を動き回って自ら証拠を検分する。だが、実際のところはどうだ。こうして「主な登場人物」は屋敷の隅に追いやられ、ほとんど軟禁状態で当て推量をしているだけだ。

「でも、パパがいるかもしれないわ。今すぐ行ったほうがいいんじゃないの？　警察に言って、探してもらいましょう」

アリスが咎《とが》めるような声を出した。

キースが頷いて、部屋の内線電話に手を伸ばした。

「そうだな、警備室に言って屋敷の図面を出してもらおう。あそこならちゃんとしたのがあるだろう」

アレン叔父が首を振った。

「それくらい、もう警察に提出してるんじゃないのか。なにしろ、こっちから警備を頼んでるんだからな」

「それもそうだ。あ、今電話線は切れてるんだっけ」

キースは取り上げた受話器を目の前に掲げた。

「——電話線」

ぼそりと呟く声がした。

みんなが声の主を見る。もちろん、あの娘だ。

「そうだわ、今夜に限って電話線が切られていた」

その目が暗く光っている。

「え」

アーサーはぎくりとした。何かを言い当てられたような心地だった。

「それがどうかしたのかい？」

デイヴが尋ねる。

「爆発。さっき、あなた何て言ったかしら？」

リセは急にアリスの顔を振り向き、じっと見つめた。アリスは面食らったように瞬きをする。

「え？　あたし？　何か言ったっけ？」

「ええ。あきれたような顔で、爆発に関することを言ったわ」

本人に代わって、アーサーが思い出した。

「さっき、アリスはこう言ったよ。『爆弾を投げ込んだりしたら、すぐに人が集まってきちゃうのにね』」

「そう、そう言ったわ」

リセは大きく頷いた。その目は更に大きく見開かれて、妖しく輝いている。

「そして、電話線が切られているのよ」

彼女は「分かるでしょう」と言わんばかりの表情で皆を見回したが、同意できる者はいない。当惑した声がぼそぼそと返ってきた。

「すると？」

リセはじれったそうな顔になる。

「連絡したいのに、電話は通じない。あなたはどうする？」

「どうするって――」

アーサーは、自分が馬鹿になったような気がして、弟と顔を見合わせた。

リセは辛抱強く続ける。

「会いに行くんじゃない？　言い換えると、何かあったらしいのに誰も教えてくれないのなら、現場を見に行くんじゃなくて？」

「あ」

「派手な爆発も、電話が通じないのも、それこそ人を集めるため」

「人を集めてどうする？」

デイヴが不思議そうに尋ねた。

「目を逸らさせるのよ。本当の目的から」

みんなが互いの顔を探るように見た。リセ自身も、自分の発言の意味をまだ把握していないようである。

本当の目的。それはいったい。

アーサーは、突然パッと閃いた。

「――聖杯」

今度は、アーサーにみんなの目が集まった。

「聖杯は、今どこにあるんだろう？」

「夕食のあと、親父が自分で金庫にしまったんじゃないのか。ずいぶん遅くまでご開帳してたようだが」

アーサーは思わず立ち上がっていた。

あの派手な爆発で、誰もが庭に注目し、外に飛び出した。ぞろぞろと出てきて、庭に集まっていた――

もし、それが単なる陽動作戦だったとしたら。当主を狙うと警戒させ、目を逸らさせるためだったとしたら。


その懸念と閃きが正しかったことは、それから数時間後に証明された。

当主の部屋の金庫にしまいこまれていたはずの聖杯は、跡形もなく消えてしまっていたのだった。それどころか、当主も姿を消していたため、誰が聖杯を片付けたのかも不明だった。つまり、その聖杯がいつの時点で消えたのか、誰にも分からなかったのだ。

【第8章】

シークレット

「お菓子をくれなきゃ悪戯するぞ――か」

「何か言ったか？」

「いや、別に」

隣にいた弟に独り言を聞き咎められて、アーサーは首を振ると新聞をバサリと閉じた。

窓の向こうには、明るい陽射しが注いでいる。

長閑《のどか》な朝と言ってもいい。例によって、制服を着た大勢の人間が行き交っていることを除けば。

まさにハロウィンの朝だ。

魔物たちが宙を飛び、町を闊歩《かっぽ》し、ドアをノックする日。

それは、絵本の中のおとぎばなしのようなものだと思っていた。しかし、現実に凶悪な魔物が辺りをこれ見よがしに歩き回り、人々を恐怖のどん底に陥れている。大人の世界の魔物は、とんでもなく凶暴だ。

アーサーは、客間を埋める人々の顔をぼんやりと眺めながら考えた。

魔物はもうお菓子を受け取ったのだろうか。

消え失せた「聖杯」。

あの「聖杯」がお菓子だったのだと？　奴らの目的は達成されたのだろうか。

宿泊客が全員集められた客間は、これまでにない人口密度である。

推理小説だと、一堂に登場人物が集められたら謎解きなんだけどな。

アーサーは険しい顔つきの客たちを見回した。

真夜中の花火から一夜明け、ほとんど強制的に宿泊客がここに集められてから既に二時間以上が経過しているが、謎解きが始められる気配はいっこうにない。入口には警官が見張りに立っていて、出て行こうとするとやんわり止められるか、トイレに行く時も誰かがついてくる。

もう当主が行方不明であるという話は知れ渡っているようだった。つい前日誰もが当主に対する憤りをぶちまけていた同じ場所で、今度は当主の行方に思いを巡らせおののいている姿を目にするのは、奇妙なデジャ・ビュを見ているようだ。

「親父はどこに行っちまったんだろう」

デイヴは困惑した声で呟いた。

「俺も知りたい。たぶん、ここにいるみんなもね。あるいはこの中に知っている人間がいるのかもしれないが」

「この中に？」

弟は気味が悪そうに客たちを見回した。

聖なる魚。ここにいるのだろうか。客たちに紛れて素知らぬ顔で家族の様子を窺っているのかもしれない。

「親父はそいつに拉致されたのか、それとももう――この世にいないのか？」

デイヴはためらいがちに「殺された」という言葉を避けた。

「俺は未だに親父自身の雲隠れ説を捨て切れない」

アーサーはソファの肘掛けに頬杖をついた。

「どうして？」

「だって、もしこれが祭壇殺人事件の一環だったにせよ、親父を脅している連中の仕業にせよ、親父の死体が見つかってないことが何よりの証拠じゃないか。さんざんむごたらしい死体を現場に残してきた連中が、どうして親父を殺した時に限って遺体を衆目に晒さないんだ？」

「確かに。これまでのやり口とは違う」

「ひょっこり姿を現しそうな気がするんだ。身内の希望的観測だとしてもね」

「それにしてもどうやっていなくなったんだ？　部屋の外にも、家の外にも見張りがついていたのに？」

煙のようにいなくなってしまった当主。

「密室問題は頭が痛いな。本で読むのは好きなんだけど」

そうだ、その問題がある。いったいどうやって親父は北の館を出ていけたのか。秘密の地下通路？　むろん、そんなのは反則だ。

「──お菓子をくれなきゃ悪戯するぞ、ね」

さっきアーサーが呟いた言葉が、頭上で繰り返された。

やはり彼女も同じことを連想したらしい。

リセの涼しげな眼がこちらを見下ろしているのに、アーサーは会釈で応えた。

「とんだハロウィンになったね」

デイヴが苦笑し、彼女に自分が座っていたソファを勧めた。

「お菓子は聖杯？」

一緒に来たアリスが問いかけると、リセは首をかしげた。

「だとすれば、もう目的は達成されたはずね。これ以上ここでは何も起こらないということになる」

「だったらいいんだけど、親父は行方不明だ。『聖なる魚』の目的は達成されたんだろうか」

「何が目的だったのかによるわね」

「しっかし、長いわねー、ここに押し込められてから。まとめて事情聴取するつもりかしら」

アリスは疲れた顔で、殺伐とした客間の様子に目をやった。

「きっと、今頃警察がお客の部屋を家捜してるわ」

リセはさらりと言った。

「え？」

「まさか」

アリスとデイヴが同時に叫んだ。しかし、リセは例によって涼しい顔のままだ。

「たぶん、警察は『聖杯』がまだ屋敷の中にあると思っているし、当主も近くにいると考えている。それを一緒に捜しているんでしょう」

「そんな、客に断りもなく？」

「ここは当主の屋敷でしょう？　警備を頼んでいた当主が行方不明になったら家宅捜索をしても不思議じゃない。客がいようがいまいがここは当主の屋敷だもの」

「やれやれ――またみんなぎゃあぎゃあ文句を言うだろうな」

アーサーは、親戚たちの非難を想像して憂鬱になった。

「まあ、警察にしてみればこれだけ警官がいたのにまんまと出し抜かれたってことで面目丸潰れですものね。気の済むまで捜させるしかないわ。でないと、あたしたちもいつまでもここから出られない」

「出られるのかねえ、ここから」

デイヴは懐疑的だ。

「ますます足止め期間が長引きそうだ。それに、外に出てからも大変だ」

「朝刊には間に合わなかったが、夕刊の見出しが目に浮かぶようだよ」

みんなが顔を見合わせため息をつく。この猟奇的事件をタブロイド紙がどんなに喜ぶかは想像に難くない。

「なんでも、ゆうべバードウォッチングが趣味のカメラマンが最初に打ち上げ花火の材料に気付いたらしい」

「さぞかし、今頃は狂喜乱舞してることだろうぜ」

これまで以上に、マスコミがこの小さな村に押しかけてくる。屋敷を出入りする人間を片っ端からつかまえ、カメラを構えてフラッシュを焚くに違いない。

その時、客間が不意に静まった。

マクラーレン警部補とハミルトン刑事がつかつかと客間に入ってきたのだ。続いて、警官たちもぞろぞろと入ってくると、部屋の中に散り、客たちのあいだに均等に入り込むと、姿勢を正した。

わずかな期間にやつれたな。

アーサーは、この捜査を担当する彼らに同情した。こんな面倒くさい派手な事件になってしまって、きっとロンドン警視庁の上司は怒り心頭でやいのやいの言ってくるに違いない。マスコミ対応もしなければならないし、祭壇殺人事件の捜査もあるし、現場は混乱しているだろう。

「お待たせしてすみません」

マクラーレン警部補が慇懃に声を上げた。すまないとは全く思っていないことがその厳しい目に表れている。

「お聞き及びの方も多いと思いますが、昨夜庭で爆発があり、成人男性と犬が巻き込まれて亡くなりました。そして、その爆発と前後してこちらの主人であるオズワルド・レミントン氏が行方不明になっています」

ざわざわと客たちが不安にどよめいた。

「結論から先に申し上げますが、爆発の犠牲者はオズワルド・レミントン氏ではありませんでした」

再びどよめき。それは安堵のどよめきなのか、残念だったという落胆なのかはよく分からなかった。

「しかし、今現在もオズワルド・レミントン氏の所在は不明です。そしてもうひとつ」

警部補は声を張り上げた。

「昨夜皆さんがご覧になった、銀行の貸し金庫から持ってきたという、いわゆる『聖杯』と呼ばれていたものがなくなっています」

またまた激しいどよめき。こちらは金勘定が滲み出た生々しいどよめきだった。誰かがうまいことやったな、という羨望が滲《にじ》み出ているように思えるのは気のせいか。

「レミントン氏がいなくなったのと、『聖杯』が消えたのが関係あるのかはまだ不明です。どちらが先だったのかも不明で、更にそれと爆発が関係あるのかもまだ調査中です。しかし、昨夜この敷地内から外に出た人間は今のところ確認されていないため、我々はレミントン氏も『聖杯』もこの敷地内のどこかに存在すると考えています」

警部補は硬い口調で続けた。

「そこで、事後承諾で失礼とは思いましたが、皆さんの滞在している部屋を含め、そのどちらかが見つからないか捜索いたしました」

今度こそ、悲鳴のような声が上がり、客間は騒然となった。

事前に言え、プライバシーの侵害だ、などと叫び声が重なりあう。

しかし、マクラーレン警部補は全く動じることもなく、分かっています、というように何度も頷いた。

「しかし、残念ながら、どちらも発見できませんでした」

当たり前だ、横暴だ、というブーイング。同時に、安堵のようなものも見える。

「実は、我々はレミントン氏から、何者かに脅迫され、命を狙われているので調べてほしいという依頼を受けていました。そして、レミントン氏が姿を消した。これもその捜査の一環であると位置づけてください。申し訳ありませんが、これから皆さんの身体検査をさせていただきたい。皆さんが『聖杯』を持っていないと確認できれば、皆さんを少しでも早く解放できます」

再び怒りの混じったどよめきが上がった。

「つまり、誰かが『聖杯』を持ってるかもしれないってこと？」

アリスが呟いた。

「そんなにでかくはないが、身体に隠せるようなものでもないよなあ。まあ、紳士用のジャケットのポケットくらいには入るかもしれないけど」

デイヴが、『聖杯』を思い浮かべるように視線を宙に泳がせた。

「ハンドバッグに入らないこともないわね」

リセは、手に持った小さなバッグを見下ろした。

「『聖杯』が入ってないかどうか、中を見たい？」

「遠慮しとくよ」

アーサーは肩をすくめた。

「隠し場所なんて、いくらでもありそうだけどなあ。地面掘るとか、壁に隠すとか」

デイヴはそこに『聖杯』がぶら下がっているとでもいうように天井を見上げた。

「そうよ、ナンセンスよ。林の中に埋めるとか、いろいろあるじゃないの。何もないけど、敷地だけはだだっ広いんだから」

「いくらでもあるからこそ、身体検査をするのさ。可能性は潰しておきたいんだろう」

「もしここに『聖杯』を持っている人がいたら、今この部屋に隠すかもね」

リセが面白がるように呟いた。

「昔の刑事ドラマにあったわ——決定的な殺人の証拠を持っていた犯人が、身体検査をされることになって、逃れようとするの。で、いったんは成功するのね」

「どうやって？」

アリスが興味を覚えたように尋ねた。

「犯人は、なんて失礼なことをするんだと言って、刑事につかみかかるの。その時、証拠を刑事のポケットに入れたのよ」

「なるほど」

「だから、その場で身体検査をされた犯人からは、何も見つからないわけ。だけど、刑事は犯人が証拠を自分のポケットに入れたことに気付いて、結局犯人はつかまってしまうの」

「ふうん。今回の場合、あんなもの警部補のポケットに入れたら、重くてすぐにバレるわね」

「確かに」

「それでは、早速始めたいのでご協力をお願いいたします」

警部補が有無を言わさぬ声を張り上げた。

「別室に、殿方とご婦人と分かれて入っていただきますので、誘導に従ってくださ
い」

警官が、次々と客たちを連れていく。

「なんだか大騒動になってきたわね」

アリスはその様子を見てため息をついた。

「こんなことをして見つかるとは思えないけどなあ」

「分からないわよ」

リセは低く笑った。

「誰かが『聖杯』を持ってると？」

「『聖杯』とは限らないけど、何かが出てくるかもしれない」

「何かって？」

「さあね。面白いものかもしれないわよ」

面白いもの——それはいったい何だ？

アーサーは、ぞろぞろと出ていく客たちを見つめていた。

抵抗する人々がいたためか、身体検査には予想以上にかなりの時間が掛かった。特にご婦人方のほうは、時折金切り声や悲鳴にも似た抗議の声が漏れてきて、しばしば客間に戻ってきた紳士たちが会話を中断し、耳を傾ける場面が見られたほどである。

「いったい何を騒いでるんだ？」

「まさかコルセットでも着けてるわけじゃあるまいに」

身体検査を済ませれば、もうそれぞれの部屋に引き揚げてもいいと言われたのだが、客間に戻ってきた人たちが多かった。互いに情報交換をしたいのと、なんとなく部屋で一人になるのが怖いからだろう。

アーサーとデイヴも、客間でぐずぐずしている。

することがないので酒でも呑むしかないのか、客たちの手にはグラスが散見された。

脅迫者が狙っていた当主が消えたのだから、他の者に対する危害はなくなったと考えるのが自然なのだが。

だが、本当にもう安全なのだろうか？

あくまでも狙いは親父で、俺たちは関係ないのだろうか？

「聖なる魚」は、親父のみならず、我々一族に宛ててあの手紙を送って寄こしていたのではなかったか？

アーサーはモヤモヤした気持ちを拭い去ることができなかった。

いなくなった親父。なくなった聖杯。

確かに予告通り、親父の誕生日――ハロウィンの日に事件は起きた。しかし、「ハロウィンの日」と言われたら、その日の夜と考えるのが普通だ。だが、日付が変わってすぐに爆発が起きた。

間違ってはいないし、油断している時を狙ったフェイントなのかもしれないが、なんとなく腑に落ちない。

もしかして、まだ事件は続いていて、親父の失踪はその一部に過ぎないのではないか。

アーサーは、無意識のうちに辺りを見回していた。

今ここで起きているのは何なのだろう？

「聖なる魚」は、いったいどんな絵を描くのが目的なのか？

と、いきなり、デイヴにぐいっと肩を突つかれた。

た。

「痛い」

思わず顔をしかめ、弟を振り向くと、デイヴが目で合図し、廊下のほうに目をやっ

弟の視線の先を見る。

と、そこには真っ青な顔をした娘——例の、エミリアの友人で、アーサーとしきりに二人きりになろうとしていた娘だ。今日はレモンイエローのワンピースを着ている。いったい何着こういう服を持参しているのだろう？　彼女の家のクローゼットはさぞかし虹の国に足を踏み入れたようにファンタジーに満ちているに違いない——が、しきりにこちらに何かを目で訴えかけていた。

「なんだろう？」

「兄貴と話したいみたいだぞ。行ってやれば」

弟はこういうところはやたらと察しがいい。

「俺が？」

「不自由させてるお客様だぞ」

アーサーは渋々、しかし決してそうは見えないように立ち上がると、営業用の穏やかな笑みを湛えて彼女のところに向かった。

ええと、アマンダだっけ、ミランダだっけ？

エミリアの友人は皆同じ顔に見えて困る。

「どうかなさいましたか？　身体検査は無事済みました？」

当たり障《さわ》りのない話題を振ったつもりだったのだが、娘はびくっと全身を震わせ、飛び上がるように身体を硬直させたので、アーサーまでびくっとしてしまった。

「ごめんなさい」

思わず身を引いたアーサーに、娘はしがみついてきた。

「もしかして、具合でも？」

全体重を預けてきたロバート叔父のことが脳裏を過《よ》ぎる。

ぞっとするあの記憶。人間がただの物体となってしまった瞬間。

まさか、この子も毒でも飲んだのか？

「ごめんなさい、誤解なんです」

娘は涙声で言った。というか、ほとんどパニックに陥ったような声である。

いったいどうしたんだ？

アーサーは混乱した頭で考える。

「ああ、私、あなたにだけは誤解されたくないんです」

「誤解って？」

娘は顔を左右に激しく振ると、ますます強くしがみついてきた。

凄い力だな。

アーサーは恐怖を感じた。レスリングにこういう技があったな。抱き締めて背中を折る。俺はこのまま絞め殺されるのではなかろうか。

娘の途切れ途切れの声が聞こえる。

「私、見かけとは違うんです。みんな、いつも楽しそうで、明るくて、ニコニコしてて、見ている者を幸せにしてくれるって言ってくださるんですけど」

それって自慢か？

「でも、でも、それは見せかけの私で、本当の私のことは誰も知らないんです。本当はとても繊細で、壊れ易くって、だけど、そんな自分が嫌いで、私は、私は、ずっと努力して」

娘は「うう」とかすかな嗚咽《おえつ》を漏らすと、ようやくアーサーを放し、感心にも、口紅とコンパクト以外何も入らなそうなバニティ・バッグと呼ばれるものからハンケチを取り出し、ちーん、と激しく洟《はな》をかんだ。

解放されたのにホッとして、アーサーは彼女とやや距離を置き、ジャケットの襟を直すと、改めて尋ねる。

「誤解とは？　いったい何を誤解するっていうんです」

君を誤解するほど深くも長くもつきあっていないはずだが、と続けそうになって、アーサーはぐっと踏みとどまった。

娘は一瞬押し黙り、それからのろのろと呟いた。

「――身体検査です」

不吉な予感がした。

警察連中、自分たちの失態に腹を立ててお客に八つ当たりしたとか？

「何か嫌な思いをされたんですか？　でしたら、申し訳ありません。厳重に抗議しておきます」

とすると、さっきの悲鳴だかなんだかは、この子が発したものだったのか。ややエキセントリックなところを感じさせる声だったが、この顔があの声を出すとは予想できなかった。

「嫌な思い」

娘はそう呟くと、ずっと青ざめていた顔が今度はみるみるうちに紅潮してきた。

その表情を見るに、どうやら身体検査時に体験した屈辱らしきものを反芻しているようである。

「ひどい――そりゃあ、確かにあんなことを言われても仕方ないのかもしれないですけど。あの目つき、あの態度、ひどすぎるわ」

娘はワッと泣き出し、再びアーサーにぶつかってきた。

うわ。

アーサーはその激しさに面喰らい、一瞬避けようとしたものの、かろうじて耐えると極めて義務的にその身体を受け止めた。

娘が泣き喚きつつ身体をぐいぐいと押し付けてくるのは、どうやら彼に抱き締めてもらいたいかららしいのだが、アーサーとしてはその構図は絶対に避けたかったので、娘がしがみつくままにさせ、両手はあくまで空けておくという体勢を取ったのは言うまでもない。

娘は意味不明なことを喚いているが、その声はアーサーの胸と彼女の顔のあいだで潰れているので聞き取れない。とにかく身体検査でひどいことを言われたということはなんとか理解できた。

「分かりました」

アーサーは、娘の両肩をつかみ、そっと引き離すと、噛んで含めるように話しかけた。

「これから一緒に抗議に行きましょう。いったいどんなことを言われたんですか？」

ところが、そう言った瞬間、娘の泣き声はピタリと止み、表情が凍りついた。

あまりに瞬時に泣き止んだので、アーサーのほうが戸惑ったくらいである。

「どうですか？　僕から厳重に抗議しますよ」

アーサーは真剣な表情を作ってみせた。

いったいどうしたいんだ？　え？

内心は苛立ちでいっぱいである。

「いえ――いえ、もう思い出したくありません」

娘はマスカラが飛び散るのではないかと思うほど、激しく首を振った。

「私はただ、あなたにだけは」

些か芝居がかった表情で、娘はひたとアーサーを見つめる。

「あなたにだけは、本当の私の姿を知ってほしかったんです。私、そんな女じゃありません。私、不安なだけなんです。実はとっても、繊細で傷つきやすいんです。誤解しないでください。それだけ、どうしても言いたかった」

娘はハンケチを口に押し当て、唐突にくるりと背を向けると、廊下を転がるように走り去っていった。明らかに自分の退場する姿を見ているであろうアーサーを意識している様子で、まるで下手な舞台女優が自己満足の演技のあとで退場していくのを観ているようである。

アーサーはぽかんと口を開けたまま、憮然とした顔でその場に立ち尽くしていた。

「おい、なんだった？」

遠巻きに見ていたらしい弟が恐る恐る近付いて来る。

「えらい剣幕だったな。何を怒ってたんだ？」

「さあ。怒ってたのか、嘆《なげ》いてたのか、全く分からなかった」

廊下の奥から、アリスとリセが振り返り振り返り、連れ立ってやってくる。

二人は、立ち尽くすアーサーに気付くと、目を丸くした。

「ねえ、どうかしたの？　今、エミリアの友達が泣きながら走ってくのが見えたけど」

アリスが廊下の奥に顎をしゃくる。

「いやあ、何がなんだかさっぱり」

アーサーは肩をすくめ、両手を広げてみせた。

「突然やってきて、誤解なんです、誤解しないでくださいってしきりに訴えてたなあ。身体検査でひどいこと言われたらしいんだが」

アリスがハッとした表情になる。

「ああ、道理で」

アリスとリセは顔を見合わせ、複雑な表情になった。

「なんだ、その渋い顔は」

「うーん。なるほどね」

「彼女、あなたにお熱みたいですものね」

アリスとリセが同時に話し始める。

「え、何、どういうこと？　身体検査で官憲が横暴な振る舞いをしたわけでは？」

「官憲が横暴」

リセがそう呟くと、二人の娘は同時に噴き出した。

「あははは。横暴ね。確かに彼女は横暴だったわ」

ゲラゲラと臆面もなく笑い続ける二人。

アーサーは鼻を鳴らした。

「笑いごとじゃないだろ」

「だからあ、横暴だったのは『彼女』よ。警官じゃないわ。エミリアのお友達のほう」

アリスは笑いながらもやっと答える。

「あの子が？」

今度はアーサーとデイヴがきょとんとして顔を見合わせる。

「ええっと、どうしよう」

アリスが困った顔になった。

「黙っとく？」

リセがアリスの顔を見る。

「でも、どうせすぐにアーサーの耳にも入るでしょ。だったら、あたしから聞いたほうがいいわよね。他の口さがない陰険な連中が話を膨らませるよりは」

「なんだよ」

全く話の内容が理解できない兄弟はアリスの顔を覗き込む。

「つまり、彼女は、ちょっと病気なのよ」

リセがさりげない口調で言った。

「病気？」

「ええ。女の人には――いえ、女の人だけじゃないわね――しばしばある病気」

アリスが頷いてみせる。

「月の障りか？」

アーサーがそう言うと、再び娘二人はコロコロと笑い出した。

「ずいぶん古めかしい言い方ね、アーサー。違うわよ。月の障りは病気じゃないし、女なら誰にでもあるじゃん」

「じゃあ、なんだ」

「つまり、ぶっちゃけ、彼女、盗癖があるってこと。万引き癖ね」

「ええっ？」

全く思ってもみなかった返事に、兄弟は絶句した。

「大したもんじゃないのよ。銀のナプキン留めとか、ちっちゃなペーパーウエイトとか。欲しいからじゃなくて、ただ、なんとなく手に取っちゃうのね。そういう細かいものが彼女の服のあちこちからぽろぽろ出てきて、女性警官に『これはなんだ』って詰問されたわけ。そしたら、いきなり喚き出しちゃって」

あの服にそんなものを隠せる余裕があったとは。

「なんとまあ。話には聞いたことがあったけど」

デイヴが溜息をつく。

アリスはアーサーの肩をぽんと叩いた。

「まあ、分かってあげてよ。彼女、あなたに泥棒だと思われるのは耐えられなかったんでしょう。だから、わざわざ自ら告白しに来たってわけ」

「告白じゃなかったぞ。結局何を言ってるんだかさっぱり分からなかったんだから」

アーサーはブツブツと文句を言った。

なるほど、やっとあの言動の意味が分かった。

「これで分かったでしょ」

「エミリアは彼女のそういう癖を知ってるのか？」

「さあね。知っててつきあってるのかもしれない」

そういう女を俺に紹介しようとしたのか。わが妹ながら、エミリア、恐ろしい奴

だ。

アーサーはそちらのほうに身震いした。

「確かに誤解してた」

「でしょ」

アリスがしきりに頷く。

俺が認識不足だった。確かに、エミリアたち、いわゆるお嬢様と言われる娘たちにも、それなりに「心の闇」があるのだ。覚えておこう。

アリスとは違う意味で、アーサーは何度も首肯したのであった。


「――なんだか、とんでもないことになっちゃって、申し訳ないわね。リセ」

アリスが溜息混じりに呟いた。

「あら、そんなことないわよ」

その声が、本心から言っているようだったので、アリスは驚いた。

「本当に？　あんな怖い目に遭わせたっていうのに？」

その目は疑っていた。

「警察の事情聴取は受けるわ、周りに死体は転がるわ、爆発のあおりを受けるわ、で、ここにいるみんな怒り心頭なのに？」

リセはくっくっ、と小さく笑った。

「確かに。凄い状況であることは確かだわ。だけど、御覧なさいよ、アーサーにご執心なあなたのお姉さんのお友達は、この状況を映画のヒロインみたく楽しんでるじゃない？」

その目は悪戯っぽく輝いている。

アリスは膝を打って笑い出した。

「あはは、さっきのアレ？　笑っちゃったよねえ」

盗癖をバラされる前に、言い訳にやってきたエミリアの友人。

泣きながら立ち去るところは、明らかにどっぷり自己憐憫《れんびん》に浸っており、それが彼女にとってイコール快楽であることは間違いなかった。

「アーサーは素敵だものね。夢中になるのも無理ないわ」

「そう？」

アリスは再びきょとんとした顔になった。

「あんな変人なのに？」

「世間から距離を置いてるだけで、そう変人だとは思わないわ。この家では変人なのかもしれないけど、とても細やかで思慮深い人だと思う」

「へえー、ほんとのほんとにそう思う?」

「ええ」

廊下のソファ。

身体検査が終わって、客間は客たちが例によって不満や不安をぶちまけているので、その毒気を避けようと、二人でここに避難している。

概ね身体検査は終わったらしいし、部屋も捜索したようなのだが、いっこうに「聖杯」も当主も見つかったという話は聞こえてこない。

混沌とした、先の見えない、捜査側と滞在客の苛立ちがどんよりした空気となって、屋敷の中に充満している。

「どうなっちゃうのかな、この先。いつまで足止め喰らうのかしら」

アリスが溜息をついた。

「それより、お父様が心配じゃないの?」

「うーん。心配は心配だけど、なんか実感なくて。正直、この事件自体父親が仕組んだんじゃないかって気がして仕方ないの。自分の身がいちばん。おのれを守るためなら家族だって差し出すような男よ。子供の頃からそのことはよーく知ってる。だから、そのうちひょっこり出てくるんじゃないかって」

アリスの冷めた表情を見て、リセは不思議そうに呟いた。

「興味深い性格ね、こちらの当主は」

「ま、ね。多かれ少なかれ、我が家の子供たちは、いかに父親から遠く離れるか、いかに父親の引力圏内から逃れるかっていうことに、人格形成の時期を費やしてきたってことね」

アリスは腕組みをして、また溜息をついた。

「だから、考古学なの？」

「それも、ある。元々そういうのが好きだったのは確かだけど、父親が全くタッチできない世界だったから、っていうのも大きいかな」

「ふうん」

アリスが、つ、と足元に目を落とした。

「あたし、リセに謝らなきゃ」

「なんで？」

「実を言うとね、あたし、自分にもリセみたいな友達がいるんだってことを見せびらかしに来るために、リセを誘ったの」

「あたしみたいな友達？」

「うん。兄貴たちが、あたしがガサツで洒落っ気がなくて、一族の異端だと思ってるのも分かってるから、こんなノーブルで素敵な友達もいるんだって見せたかった」

「あら、光栄だわ」

リセは面白がるように笑った。

「で、ほんとのほんとのことを言うとね」

アリスはそっと、誰もいないのにリセの耳元に口を寄せた。

リセもつられて耳を寄せる。

「アーサーにリセを紹介したかったの」

「あたしを？」

リセはきょとんとする。

「そう。実は、そのことに今気が付いたんだけどね」

アリスは苦笑した。

「今？」

「うん。今、リセはアーサーのこと誉めてくれたじゃない？　それで気付いたの。あたし、家族の中では、アーサーがいちばん好き。デイヴもいい奴だけど、あいつはどちらかと言えば父親に価値観が近いし、あたしとは昔から全然噛み合わなかった。だけど、確かに、アーサーはああ見えて、実はとってもニュートラルな人なの。何事にも先入観を持たない。飄々《ひょうひょう》として、あたしのこともそのまんま受け入れてくれる。だけどさ、あのとおりの人だし、女っ気が全くないから、妹としても、気を揉んでるわけ。ほら、どうしても近寄ってくるのは、さっきの万引き女みたいに勘違いしたのばっかりじゃない？　レミントン家にはああいうのがお似合いだろうって世間も思ってる。でも、あたし、リセならアーサーと合うんじゃないかなって、どっかで思ってたんだと思う」

「おやおや、ずいぶん買いかぶってくれたものね」

リセはますます面白がるような表情になった。

「どう？　うちの兄貴。就職も決まったし、相変わらずちょっと世間離れしてるけど、情緒が安定してて、いい夫になると思うけどなあ」

リセはくすくす笑った。

「ええ、彼はとてもいい旦那さんになるでしょうね」

「それに、見たとこ、兄貴もまんざらじゃないようよ」

「あらそう？」

「うん。少なくとも、リセに関心があることは間違いないわ。あたし、あんなアーサー初めて見た。『ザ・サン』を読んでるところと同じくらい、新鮮」

リセは「あはは」と声を出して笑い出した。

「そういえば、彼に話したのよ。うちのご先祖の話」

「へえ？　あんなに前の話を？」

「そう。あたしがアリスについてくる気になったのも、そのせいだものね」

「そりゃそうだけど、なんだってまた」

リセは考えこむような顔になった。

「なんとなく、ね——確かに彼はあたしに興味を示したけど、それが警戒心によるものだって感じたから」

「警戒心？」

アリスは心底あきれた顔をした。

「まさか。アーサーがリセを警戒？」

「ええ。言ったでしょ。彼はとても思慮深いし、周りをよく観察してるわ。あたしなんて、どこの馬の骨か分からないわけでしょう。彼を敵に回したくなかったの」

アリスは面喰らう。

「敵？　アーサーを？」

「そう。先が読めない状況の時は、なるべく敵になる可能性を減らしておかないとね」

前を向いてそう淡々と答えるリセを、アリスはじっと見つめていたが、やがてポロリと漏らした。

「うーん。前からタダモノじゃないと思ってたけど、あんたって凄いわ。あたしも度胸はあるつもりだったけど、こんな状況でも、リセって落ち着き払ってるし、なんか余裕しゃくしゃくって感じなんですけど」

「そう？　子供の頃から、混沌とした先の見えない状態っていうのに慣れてるからかも」

「へえ。そんなだったの？」

「ええ。ちょっとね、いろいろ複雑だったから。ここだけの話、命を狙われたこともあったのよ」

リセはふわりと笑った。

アリスは無言で、まじまじとリセを見つめた。

「そんなふうには見えないわ。苦労知らずのお嬢さんだとばかり」

「それを言うなら、アリスだって、外から見たら、格式あるおうちの何不自由ないお嬢さんじゃない？」

二人は顔を見合わせ、ぷっと吹き出した。

「いやあ。やっぱいいわね、リセって。惚れ直した」

「こちらこそ」

「で、何か見つかった？」

アリスは寛いだ顔でリセを見た。

「ううん、まだ何も」

「でも、ブラックローズの紋章がリセのご先祖が持ち込んだものだって話、してたじゃない？」

「まあね。仮説だけどね」

「だけど、面白いわ。あたしも昔、日本の紋章についての本、読んだことがある」

アリスは膝の上で頬杖を突いた。

「なんか、不思議よね。イギリスの紋章とは全然違う。省略の仕方がハンパないっていうか、ものすごい洗練されてる。もしかすると、昔の日本人は、『本当に』ああいう形を自然界の中に見てたんじゃないかって気がするわ。あたし、時々考えるの。昔の人と自分たちって同じものを見ても全く違うものを見てるんじゃないかって。今、隣に昔の人がいたら、同じ犬や花を見ても、目に映ってるものは違うんじゃないかって」

リセがハッとした。

「同じものを見ても――目に映るものは違う」

口の中で繰り返す。

「同じものを見ても」

アリスが不思議そうに、そんなリセの横顔を見た。

「どうかした？」

少し遅れて、リセが振り向いた。

「ああ、なんでもない。でも、確かにそうね。アリスの言うとおりだわ」

「何が？」

「あたし、間違っていたのかもしれない。探し方が違っていたのかも」

「ご先祖の形跡？」

「ええ」

リセは、独り言のように呟いた。

「もしかすると――ものの見方自体、間違っていたのかもしれない。そう――アリスのご先祖とうちのご先祖は、同じものを目にしても、全然違うものを見ていたのかもしれないわ」

リセは顔を上げ、遠い一点をじっと見つめていた。


「――何を考えてる？」

不思議そうな顔でデイヴが尋ねてきたので、アーサーは自分がグラスを持ったままぼんやりしていたことに気付いた。

「え？　ああ、なんでもない」

手持ち無沙汰な客人のすることはひとつだけだ。酒を呑む。

恐怖や怒りの入り混じった客間の空気は、いつしか疲労と弛緩へと変わっていた。

アーサーは周囲を見回した。

確かに。

グラスに口をつける。

俺は今、何か考えていた。意識していないうちに何かを。

「なあ、兄貴。ちょっと聞いてもいいか」

不意に弟が改まった声を出したので、アーサーはハッとしてその顔を見た。

普段、きょうだいの顔をきちんと正面から見ることなどあまりない。離れて暮らしていれば当然のこと、成人して互いにそれぞれの道を進んでいればなおさらだ。

しかし、アーサーは、弟が大人の顔をしていることに気が付いた。

見たことのない、もう無邪気な弟ではないことを示す表情。

「なんだよ、急に改まって。告白か？　まさかおまえが犯人だとか言い出すんじゃないだろうな？」

やや冗談めかして答えたのは、なんとなく嫌な予感がしたからだった。

こんなところで、こいつはいったい何を言い出そうというんだ？

「違うよ」

デイヴは苦笑半分、気を悪くしたのが半分、かすかに顔をしかめ、ふっと溜息をつく。

「ずっとそんな気はしていたんだ——まあ、こんなこと、全然聞く気はなかったんだけど、なんだか異常な状況だし、ちょっと聞いておきたくなって」

「だからなんだよ。珍しいな、おまえがそんなに回りくどいこと言うなんて」

アーサーは、用心しつつ質問を促す。

弟はのろのろと首をかしげる。

「うーん。正直言うと、知らないほうがいいと思ってるからさ」

「知らないほうがいい？」

「うん。こういうのってそういうもんだろ？」

アーサーはデイヴの顔をしげしげと見た。

ますますもって回りくどい。いよいよ珍しいぞ。こいつは躊躇というものを知らない奴だと思っていたが。

「それじゃあ、何が言いたいのか分からん。いいから、言ってみろ」

更にアーサーに顔を覗き込まれ、それでもデイヴはまだ躊躇していたが、やがて思い切ったように口を開いた。

「兄貴が就職したのは、国家だろ？」

「は？」

　とっさに質問の意味を測りかねた。

が、弟は真顔で、今度はじっと兄の顔を見つめた。

「もっとはっきり言えば、兄貴が就職したのは、国の情報機関だろ？　答えられないのなら、答えなくてもいい。元々聞く気はなかったんだから。でも、好奇心てのは、抑えられないもんだね。こんな事件が起きなきゃ、一生聞かなかっただろう」

「はあ？」

　アーサーはぽかんと口を開けた。

　デイヴは慌てたように手を振った。

「いいよいいよ、ごまかさなくても。私は情報機関に勤めています、なんて、なかなか正面きって言えないよな？　いくらＭＩ６が職員募集の新聞広告を出すご時世になったとはいえ」

　そういえば、誰かも俺の勤め先の話をしていたな。エミリアの友達か？　あのお嬢さん学校にジャーナリスト志望の奇特な学生がいて、あることないこと言ってたって話を聞いたような気がする。

「いったいどこからそんな誤解を？」

アーサーは憮然として弟の顔を見つめた。

「え？　誤解？　本当に？」

弟は猜疑心《さいぎしん》丸出しで兄の顔を見る。

アーサーは鼻を鳴らした。

「俺はほんとにタダの辛気臭い研究員で、国家機密のために働く気はさらさらないぞ」

「でも、さ。そんな噂が。火のないところに煙は、って言うじゃないか」

「噂は噂さ。全く、そんな噂されるようじゃ、情報機関の意味がないな。宣伝して回ってるようなもんだ」

アーサーは忌々しげに唸った。

「本当に、違うのか？」

「違うよ。おまえ、ほんとに俺にそんなものが務まると思うのか？」

聞き返すと、デイヴは一瞬宙を見上げ、考え込んだ。

「うーん。どうだろう。言われてみれば、向いてないような気もするし、すごく向いてるような気もするし」

「スパイになれる条件。その最たるものは、愛国心と自己承認欲求だ。自分は国家のために尽くしていると、自分だけが知っていればいいと思う気持ち。俺にそんなものがいると思うか？」

デイヴは口の中でもごもごと何かを呟いた。

「うーん。微妙」

「微妙じゃない。そんなもの、俺にはない」

「言われてみれば、そんな気も」

デイヴは顔を掻いた。

「どこからそんなたわけた考えを吹き込まれたんだ」

アーサーが不機嫌な声で言うと、デイヴは気弱な表情になる。

「いや、聞いたんだよ。兄貴の入ったところは、そういうところの隠れ蓑《みの》だって。アーサーはきっとスカウトされたんだって」

「誰に？」

「それは、ちょっと、ノーコメントで」

「ふうん。それはつまり、俺も知ってる奴だってことだな」

「名前は勘弁してくれ」

デイヴは頭を下げた。

「ま、いい。さ、行こうか」

アーサーはコーヒーテーブルにグラスを置き、立ち上がった。

デイヴが面喰らった表情で顔を上げる。

「え？　行くってどこに？」

「親父の部屋だ。情報機関に就職したわけじゃないが、今、おまえの話を聞いたら、そういうもんの真似事をしてみてもいいかと思いついた。なにしろ、いなくなったのは俺たちの親父なんだからな」

「本気か？」

そう言いつつも、デイヴも席を立った。

「見せてくれるかな」

「ハミルトン刑事に頼んでみよう。もう現場検証も済んでるだろうし、俺たちは身内だし、少しは事情も知ってるし、ダメモトで行ってみよう」

二人で廊下に出ると、ひんやりとした空気が心地よく、客間の空気がいかに（いろいろな意味で）悪いかということに気付かされる。

「アーサー、親父たちの寝室って入ったことある？」

「うーん、ほんのチビの頃に入ったような記憶がうっすらとあるが、ほとんど覚えてない。だから、秘密の通路があるという話は聞いてない」

「あ、それ、俺も一緒だったよね。考えてみれば、当時はまだ可愛らしいもんだったな。このおっきな屋敷で、子供だけで寝るのが怖くて、お袋のところに泣きながら走っていって入れてもらったことがあったっけ」

「泣いてたのはおまえだけだ。俺は泣いてない」

「兄貴だって、ママのところに行こうって言ったらすぐに賛成したじゃないか」

「よくそんな細かいところまで覚えてるな」

「お互いさまだよ」

相変わらず、屋敷の中は厳戒態勢だった。

険しい顔の警官があちこちにいて、廊下をほっつき歩く客人たちを鋭い目つきで一《いち》瞥《べつ》する。

しかし、ハミルトン刑事の姿は見当たらない。

「いないな」

「本部に呼び出しでも喰らってるのかもしれない」

「さぞかし、こってり搾《しぼ》られてるんだろうね」

ここ数日のタブロイド紙を狂喜乱舞させるてんこもりの展開を考えると、大いに同情せずにはいられない。

両親の寝室は、屋敷の奥まったところの二階にある。

どちらかといえば辛気臭いところにあるので、どことなく廊下も階段も暗く、子供でなくともあまり気持ちのいい通路とは言えない。

二階に上がると、やけにのっそりと暗い廊下があった。

「こんな気味悪いところを通ってお袋のところに行ったとは思えないな」

「同感だよ。俺たちの寝室のほうがマシだったんじゃないか」

「妙に寒いな、この廊下」

「俺もそう思った。気のせいじゃないよな？　ほら、鳥肌が立ってる」

二人でヒソヒソと言葉を交わしながら歩く。

なぜか声を低めてしまうのも、この薄暗い廊下のせいだろうか。

角を曲がると、先にある両親の寝室のドアは開いていたが、ベタベタと黄色いテープが張ってあり、その脇に屈強そうな警官が仁王立ちになっていた。

廊下の奥にも一人立っている。

寝室の続き部屋の、もうひとつのドアの前だ。

「ドアはあの二つだけ。窓の下にも見張りがいた」

アーサーが呟く。

「密室だな」

「しかし、親父はコートを持って出ていった」

二人は立ち止まり、辺りを見回す。

見張りの警官が、胡散《うさん》臭そうにこちらを見ていた。

アーサーは、その警官をじっと見返す。

やがて、気付いた。

あちらは明るい。

じゃあなぜ、こっちはこんなに暗くて薄気味悪いんだ？

アーサーは天井を見上げた。

廊下の天井には、天井に光が当たるように等間隔で間接照明がセットされている。

「どうかしたか？」

デイヴが不思議そうな顔で、アーサーの視線の先に目をやった。

「ふうん」

アーサーはもう一度廊下の奥を見て、手前を見た。

次に、廊下を一歩一歩、几帳面に確かめるように進んでいく。途中で立ち止まり、後ろを振り向き、しばらくして引き返してきた。

「何してるんだ？」

デイヴはあっけにとられたようにアーサーを見ている。

「なるほど」

アーサーは小さく頷いた。

「何がなるほどなんだよ」

デイヴが焦《じ》れた声を出した。

「どうしてこんなにこのへんが薄暗くて薄気味悪いか、さ」

「『聖なる魚』の呪いかよ？」

デイヴが茶化す。

「いいや。実に単純。この廊下、手前のほうは、照明と照明のあいだの距離が長いんだ」

「え？」

アーサーは廊下の奥を指差した。

「間違いない。歩幅でも測ってみた。奥のほうは、照明の間隔が短いのに、こっちはずいぶんと間隔が長い」

「そうなのか」

デイヴが驚いたように、廊下の奥に目をやった。

「てっきり、遠近感のせいで、遠くのほうの照明が詰まって見えるのかと思った」

「うん。そう感じさせることでごまかしてるんだろうな」

「なんだってまた、そんなことを」

「つまり」

アーサーは、壁をこんこんと叩き始めた。

警官がぎょっとしたようにこちらを見る。

しかし、アーサーは平然としていた。

「こっちのほうの照明と照明のあいだのどこかに、扉があるはずだ」

こんこんと壁を叩き続ける。

「一ヵ所だけ、扉の分だけ間隔を広くしていたら不自然で目立つだろう。だから、こっちのほうは間隔が広くなってるんだ」

「まさか」

デイヴが信じられない、という顔で壁を見上げた。

アーサーは手を止めた。

明らかに、それまで叩いていたのとは異なる音。

「ここだ」

「扉？　そんなものは見当たらないけど」

デイヴがまじまじと壁を見つめる。

「でもこの向こうに、何かの空間がある。それは確かだ」

「まさか本当に秘密の通路か？」

アーサーとデイヴは、壁の前でのろのろと顔を見合わせた。

「この壁の向こうに空間があるとしても、どこから入るのか分からないな」

デイヴは壁に耳を押し付けた。

何か聞こえてこないかと目を見開き、耳を澄ます。

が、やがてあきらめて耳を離した。

「ダメだ、何も分からない。スペースがあるのかどうかも」

「廊下からじゃなくて、どこかの部屋の中からしか開けられないのかもしれない」

アーサーがそう言うと、弟はチラッと廊下の奥を見る。

「親父の寝室、入ってみるか？」

「部屋に入れてくれるかな」

二人で顔を突き合わせてぼそぼそと話していると、奥で見張りをしている警官が不思議そうにするのが分かった。

こちらのほうを指さして何事か話しているのを見て、引き揚げることにした。

なんとなく、警官たちに自分たちが見つけた謎の空間のことは教えたくなかった。

もしかすると気のせいかもしれないし、余計な情報を与えて痛くもない腹を探られることになるかもしれなかったからだ。

「――うん？」

引き揚げようとしたアーサーは、壁から離れた瞬間、壁紙にシミのようなものがあることに気付いた。

目を凝らしてみると、そこには、消えかけてはいるものの、見間違えようのない、あのマークがある。

ブラックローズ。五弁の薔薇。

本当に、ぽつんとひとつ、そこにだけ。

スタンプか何かで強く押し付けたのだろうが、色が褪せかけているので、ただのシミにしか見えない。

デイヴも同じものに気付いたようだ。

「なんでこんなところに？」

アーサーは、周囲の壁にも目をやった。

「他にもあるのかな」

二人はしげしげと壁紙を見て回った。

しかし、はっきりとブラックローズのマークが押されているのはここだけのようである。

「もしかして、子供が悪戯して押したんじゃないのか？」

「子供って誰だよ？　俺たちか？」

「少なくとも、俺たちじゃないことは確かだが」

「だけど、このマークの押してあるところは結構な高さのある位置だぜ。子供だったら、もうちょっと低いところに押しそうなもんだけど」

「確かに」

アーサーは、そのマークが気になった。

まるで血のシミのようだ。

古い犯罪の痕跡。ここが暴力の現場で、血が飛び散った――

そのイメージを慌てて掻き消すと、二人で廊下をぶらぶらと歩き出した。

「――なあ。ここって、俺たちが考えてる以上に、とんでもない秘密がある屋敷なんじゃないか？」

デイヴがどこか青ざめた顔で呟いた。

それは、アーサーも同感だった。

「これまであんまり気にしなかったけど、あのブラックローズのマーク、あちこち変なところにあるよな。一見、ランダムで、規則性がない。施主が気まぐれで付けさせたのかと思ってた。だけど」

アーサーは、なぜか絶句してしまった。

「もしかして、何か意味があると思うのか？」

二人は顔を見合わせた。

「あるとして、何の意味が？」

「さあ」

二人は黙り込み、のろのろと客間に向かった。

正直なところ、客間の険悪かつ疲労感に満ちた空気にはうんざりしていたが、部屋に戻るのも退屈だ。

と、廊下で天井を指差している二人の若い娘が目に入る。

二人とも真剣な表情で、何事か考えこんでいる様子である。

なんとなく、あの二人を見るとホッとする。

この屋敷の中で、あの二人はまともだ。

アーサーは声を掛けた。

「何を調査しておられるのかな、お嬢さんがた？」

「ああ、アーサー」

二人はきょうだいのほうに向き直った。

「いやあ、なんか、リセがこの屋敷で気になることがあるって言うから」

アリスが肩をすくめた。

「気になること？」

「実は、俺たちもこの屋敷には今更ながらに興味を覚えて、現場を見てきたところさ」

デイヴが「いいのか」というようにアーサーを見た。

あの壁の中の空間は、秘密にしておいたほうがいいのでは？

そう弟が目で語りかけてくるのへ、アーサーは「いいんだ」というように頷いてみせる。

「なあに、何か見つけたの？」

アリスが目をきらきらさせて身を乗り出す。

そこで、アーサーは父の寝室があるフロアに行き、廊下の照明について発見したことを話して聞かせた。遠近感を利用した配置のこと、どうやら隠された空間がありそうだということ。壁紙のマークのこと。

「へえ、あたしも見たい」

今にも駆け出していきそうにするアリスを、慌てて押しとどめる。

「今はよせ。お前がまたあそこに行ったら、警官に怪しまれる」

「あ、そうか」

妹とは対照的に、リセはアーサーの話を聞いて、じっと考え込んでいる。

その目はひどく真剣で、話しかけるのが憚《はばか》られるほどだ。

「君は何を探してたのかな？」

デイヴが先に話しかけた。

「え？　あ、ああ」

少し遅れて、リセは顔を上げた。

「いえね、このお屋敷の歴史のことを考えていたのよ」

「歴史？」

「昔、火災が起きて、客と使用人たちが逃げられなくて焼け死んだってお話があったわよね？」

「ああ、我が家の黒歴史だ。それが？」

「五つに分かれているのは、五弁の薔薇を模したものであると。ここはブラックローズハウスと呼ばれ、紋章もそれ」

「確かに。それで？」

アーサーは確かめるようなリセの口調が気になった。

「そして、あなたのおうちは、武器商人として財を成した。そうよね？」

「いかにも」

三人のきょうだいは、不思議そうに目を見合わせる。

何を今更、という表情でリセに注目するが、彼女はまだ何か考えこんでいる。

やがて静かな声で話し始めた。

「あたしの古い知り合いに、花火職人がいるの。そのおうちも代々花火製造をなりわいにしていてね」

「花火と武器じゃ、同じ火薬は使っても、ずいぶん目的の方向性が違うけどな」

アーサーが苦笑した。

が、リセは気にしない。

「でね、聞いたことがあるのよ——花火工場って、屋根が軽く作ってあるの」

「屋根が？」

全く考えてもいなかった話題だった。

「ええ。火薬に引火して爆発した時に、上に向かってエネルギーを逃がすためよ」

リセは、天井を指差した。

「え？」

三人のきょうだいは、つられたように天井を見上げた。

「屋根が重くて頑丈だと、爆発のエネルギーは横に逃げる。そうすると、周囲に与える被害は大きくなる。だから、爆発のエネルギーが空に逃げるように、わざと屋根を軽くしてあるのよ」

「それが、我が家とどういう関係があると？」

「ここも同じなんじゃないかと思って」

「この屋敷が？」

「いえ、正確に言うと、このブラックローズハウス全体がよ」

リセは大きく手を広げ、周囲を見回した。

三人はきょとんとしてリセを見ている。

「屋敷を五つに分けて、距離を離しているのは、そのため。あちこちに、隠された空間があるのもそのため」

リセは歌うように言った。

「そのため、というのは？」

自分がとんでもない阿呆のように思えたが、それでもアーサーは尋ねずにはいられなかった。

この娘はいったい何を言い出そうとしているんだ？

「ブラックローズハウスの目的は、武器庫よ。この五つの屋敷そのものが、巨大な武器庫になっている。恐らくは、設計の段階から、できるだけ多くの武器を保管できるように作られているはずだわ」

「武器庫？」

鸚鵡《おうむ》のように繰り返すきょうだい。

「ええ。五弁の薔薇というのは、隠れ蓑よ。五つの別の棟にして、離して建築するための」

隠れ蓑。

　アーサーは愕然とした。

　屋敷の名前も、紋章も。

「客や使用人が逃げられなかったのは、そのためよ。逃げられないようにしていたのではなく、入れないようにしていた。なにしろ、巨大な武器庫なんだから、厳重に保管しておかなければね。火のまわるのが速かったのも、そのせい」

　リセは、まるで火災の現場を目にしているかのように、廊下にすっと目を走らせた。

　一瞬、煙突状態になった廊下を炎が駆け抜けていくのを見たような気がした。

「あちこちにあるマークは、隠し場所があるというマークなんでしょう」

「だから、アトランダムに見えたのか」

　デイヴが呟く。

「ええ。屋敷と屋敷のあいだにじゅうぶん距離を置いているのも、いざという時に、延焼を防ぐためでしょう。ひとつの大きな建物であれば、延焼の可能性も高くなるから」

「じゃあ、さっき天井を見ていたのは」

　アーサーはもう一度天井に目をやった。

「ええ。屋敷は、どこも垂直な空間で、天井には余計な装飾がない。きっと、それもいざという時に備えてるんじゃないかと思う」

「だとすると」

あまりにも思いもよらぬ話に、頭が混乱してきた。

「今回の事件は、何かそれと関係があるのかな？　親父はどこに行ったんだ？」

やはり混乱しているらしい弟が尋ねた。

しかし、リセは首を振る。

「分からない。そこまでは、今はまだ」

今はまだ。

では、いつかは分かるというのだろうか。

アーサーは、そう質問したくなるのをぐっと抑えた。

廊下の真ん中で、四人は天井を見上げ、無言で立ち尽くしていた。

【第9章】

プレイハウス

リセの話を聞いたあとでは、子供の頃から見慣れたはずの、些か時代遅れな古い屋敷が、俄《にわ》かに別のものに見えてきた。まるで初めて見るもののように思え、そこここに刻印された小さな五弁の薔薇の印が、気味悪く感じられる。

アーサーは、無意識のうちに、あちこちに目をやっている自分に気付いていた。

あそこにも。そこにも。

今更ながらに、そこここにぽつんと付けられたマークが、罪の証《あかし》のように不意に目に飛び込んでくるのだ。

なるほど、武器庫か。

そういう目で見ると、不便に感じてきたいろいろなものに説明がつく。館どうしが離れていること、やけに厚い壁、居住の快適さは二の次らしい殺風景な造作。

古代より、武器はカネになる。切実な必然性から、人は武器にはカネを出す。ブラックローズハウスは、ご先祖にとっては、まさにひと財産だったわけだ。

同時に、決して武器庫とは分からない、一見優雅で道楽じみた屋敷に偽装した理由もよく分かる。

為政者は、謀反《むほん》の気配には敏感だ。大量の武器を備蓄しているレミントン家に、その匂いを感じても不思議ではない。どんないちゃもんをつけて取り上げられるか、あるいはお家取り潰しになるか、権力者に目を付けられたらなんでも起こりうる。

その点でも、ご先祖はうまく立ち回ってきた。時には政権への反乱分子にも、世の不条理に抵抗する労働者にも、何食わぬ顔で武器を売ってきたに違いない。

武器庫の中で、何も気付かず長い歳月を過ごしてきたと考えるとゾッとするが、リセいわく、今はたいしたものは残っていないだろう、という話だった。現代の最新鋭の武器は繊細な技術の塊であり、昔の武器と違って適切な管理が必要だし、今どきの企業は「在庫」を抱える余裕などないから、武器庫は空っぽになっているか、あるとしても骨董品みたいなものしか残っていないだろう、と。その点では、アーサーとデイヴも同感だった。

とにかく、あの「聖杯」が出てきたのも、武器庫の中からだったのだろう。家を修理した職人たちも、それが武器庫だとは気付かなかったのではないだろうか。つまり、改修した当時、もうこの屋敷は武器庫としての役目は終えていたということだ。

そういえば、リセのご先祖がこのブラックローズハウスに来た時、銃の暴発事故で亡くなっていたという話ではなかったか。その事件も、かつての武器庫と関係していたのかもしれない。

彼女はそこまで予想していたのだろうか。

アーサーはいつものように落ち着き払った様子のあの娘の横顔を思い浮かべながら考えた。

いや、あの時、彼女は屋敷の中を見ていて初めてそのことに気付いたようだった。

あるいは、薄々予想はしていたのかもしれないが、実地に見て確認した、というところではないだろうか。

ハロウィン当日はいきなり凄まじい事件で幕を開けたので、アフタヌーン・ティーの時間を迎える頃には誰もが疲れ切っていて、屋敷全体に弛緩した空気が漂っていた。客たちも、緊張の糸が切れてしまったのか、もはや文句を言ったり憤ったりするエネルギーも使い果たしたらしく、そこここでボソボソと囁きあう声はすれど、虚脱感のある静寂が客間を支配している。

主は消えたまま。聖杯は見つからず。

当初は、今夜が本番かつクライマックスだと思っていたのに、前倒しでコトが起きてしまったので、どういう心境で今夜を迎えればいいのか分からない。

これ以上は何も起こらないと思っているのか、客たちのあいだには安堵も漂っている。

主役は退場した。もう幕は下りようとしている。舞台は片付けに入っている。そんなふうに感じているのだろう。

いや——本当に、クライマックスは過ぎてしまったのだろうか？

アーサーは、再び客間の片隅に腰を下ろし、ぼんやりと五感に入ってくる人々の情報を感じていた。

この屋敷にやってきたのはたったの二日前だというのに、ひと月もいたような気がする。あまりにもいろいろなことが起きて、あまりにもいろいろな人間に会った。

いろいろな——

そう考える時、自分の頭にはいつもリセが浮かんでいる。美しく聡明で、神秘的で度胸がある。

単に惹かれているのか？　そのことは認める。美しく聡明で、神秘的で度胸がある。

アリスの友人であるのも実はポイントが高い、ということにも気付いていた。アリスはまともだ。人として信用している。彼女が選んだ友人なのだから、基本的に信頼はしている。しかし、何かが引っかかる。彼女の中にある何か、彼女が自分に向けて何かメッセージを送っているように感じられる何かが。

「アーサー」

誰かに呼ばれて、ハッとした。

いつのまにか、ずいぶん長いことぼんやりしていたことに気付き、顔を上げて声の主を探す。

誰の声だった？　低い、しわがれた声。

見ると、客間の入口でアレン叔父が手招きしているのが目に入った。

アレン叔父さんの声か。

アーサーは慌てて立ち上がった。

「何かありましたか？」

近付いてそっと尋ねるが、アレン叔父は小さく首を振る。

「ちょっと来い」

二人して廊下を歩き、叔父はそそくさと図書室に入っていく。

おお、またしても図書室か。いつから我が家の図書室は、秘密の逢引の場所となったのか。

「どうです、読書は捗りましたか？」

そんな軽口を叩いてみる。

「さっぱりだ。昨夜の騒ぎで、さすがに集中できない」

アレン叔父は苦虫を嚙み潰したような顔で肩をすくめる。

「それはそうですよね。親父は行方不明のままだし、聖杯は消えたままだし。お察しします」

「それはいい」

アレン叔父はうるさそうに手を振ると、携帯電話を取り出した。

アーサーは目を丸くする。

「叔父さん、携帯電話持ってらしたんですね。てっきり、こういう無粋なものは持たないのか、と」

「世の流れだ。大学に『持たされた』のさ」

「で、僕に何か用ですか？」

「さっきロバートから電話がかかってきてな。あいつとは以前からちょくちょく喋ってたから、こっちの番号を知っていたらしい」

「へえ、ロバート叔父さんから。どうなんです、容態は？」

「うむ。もう落ち着いたし、回復に向かってる。それで、電話する許可が出たようだ」

「それはよかった」

アーサーは心から安堵した。またしても、自分に倒れかかってきたロバート叔父のずっしりとした重さが身体に蘇る。あのまま死んでいなくて、本当によかった。もしあのまま亡くなっていたら、あの感触は一生トラウマになって残っただろう。

「それでな、おまえと話したがっていてな」

「僕と？」

アーサーは思わず自分を指差した。

叔父はそっけなく頷く。

「そうだ。しかも、内密にな。だから、ここに呼び出した」

「なるほど。しかし、何のために？」

「知らん。それは、おまえが聞けばいいことだ。いいな？」

そう言って、アレン叔父は携帯電話の番号を押した。

急に緊張してくるのを感じる。

呼び出しの音の後で、先方が電話に出た気配。

「俺だ。今、アーサーと代わる」

アレン叔父はそっけなくそう言って、アーサーに電話を渡して寄越した。

気を遣ったのか、面倒に巻き込まれるのが嫌なのか、叔父がそっと部屋を出て行くのを見ながら、アーサーは「もしもし」と声を出す。

『アーサーか？』

低く疲れたような声がした。疲れてはいるものの、声はしっかりしていて、これなら大丈夫だ、と改めて思った。

「はい。たいへんでしたね。回復してるようでよかったです」

『面倒かけたな』

ロバート叔父の声は穏やかだった。

ゆうべの事件の話は聞いているのだろうか。もしかすると知らないのかもしれない。そのことを口に出そうとしていたアーサーは、ちょっと考えてからその話題は避けることにした。

「とんでもない。で、何かお話があるということでしたが」

『あの娘だ』

その言葉を聞いて、アーサーはハッとした。

そうだった、あの時、ロバート叔父は何かを言い掛けていた。アーサーの背後にある誰かに目をやって、「なんでこんなところにいるんだろう」と言ったのだった。

それを気に掛けていて、わざわざ自分に電話を？

アーサーは、電話を持った手がじっとりと汗ばむのを感じた。

「ああ、あの時、叔父さんがおっしゃっていたことですよね。叔父さんはいったい誰を見て、『あの娘』とおっしゃったんですか？」

アーサーは何気ない風を装ってそう尋ねた。

頭に浮かんでいるあの娘。

『おまえと話していた、あの娘だ。おまえの妹が紹介しただろう？　おまえの妹と一緒にいた』

長い黒髪、落ち着き払った、美しいあの娘。

「リセのことですね？」

アーサーは、やっぱり、と思いながらそう言った。「リセ」と口にした時、声が強張るのを感じた。

『リセというのか、あの娘』

電話の向こうの声が当惑する。

「はい、アリスの連れてきた日本人の。リセ・ミズノです」

『え？』

今度こそ、はっきりと困惑を感じた。

アーサーは混乱する。

「違うんですか？　妹が紹介したというからてっきり」

『エミリアのほうだ』

「はい？」

今度は、アーサーが困惑した声を出す番だった。

『エミリアが紹介しただろう、おまえに。エミリアと一緒にいたあの娘だ。グリーンの服を着ていた』

「なんですって？」

CORVUS
SEXTANS
CANCER
CENTAURUS
ARGO

アーサーは反射的に声を張り上げていた。

アマンダ。

身体検査で泣き喚いた娘。アーサーにしなだれかかり、あわや絞め殺されるかと思った娘。下手な舞台女優のように、彼の前から退場していった娘。

『あの娘、学生なんかじゃない。武器の見本市で見かけたことがある。どこかの外交官――クロドニアだったか、その辺りのそう大きくはない国だ――そこの書記官として紹介されているのを見たんだ――だから違和感があった――おまえに気をつけろと言いたくて電話した。エミリアに聞くんだ、彼女がなんといって今回ここに潜り込んだのかと。場合によっては、警察に言ったほうがいい。聞いてるか、アーサー？』

聞いていた。

しかし、アーサーは呆然自失として、しばらく口がきけないくらいだった。

ふと顔を上げると、外が暗くなっていた。

自分が思考停止状態になり、ただ呆然として時間を過ごしていたことに気付く。

あまりにも予想外の情報が次々と入ってくるので、常日頃、冷静沈着さを自他共に認めているアーサーであっても、落ち着いて考えを整理する時間が必要だった。

一人にならなければ。俺はいったい今、どういう状況の中にいるんだ？　この絵は、天から俯瞰するとどんな模様を描いているのか？　考えろ。これまでに得た情報から、よく考えてみるんだ。

そう自分に言い聞かせ、彼は自分の部屋に戻ることにしたのである。

アマンダが外交官。

ロバート叔父から聞いたことが頭の中で繰り返し鳴っている。

あの叔父は几帳面だし、昔からあやふやなことは決して口にしない。彼が見間違えるはずはない。だとすれば、自分が目にしたものが間違っているのだ。

最初にエミリアが彼女を紹介した時、確かにエミリアは「大学の友人」と言った。どこかの国の外交官、しかも書記官クラスの人間がイギリスのお嬢さんの行く女子大に籍を置く。その可能性はゼロではないと思う。彼女はかなり若かった。しかし、どうみても彼女はエミリアと同類の「女子大学生」を装っていた。

武器見本市に行くような娘が？

不意に、彼女との会話を思い出した。

S研究所に入られるんですってね？

お友達に、ジャーナリスト志望で新聞社でアルバイトをしている子がいるんです。

その子がそんな話をしていたわ。

もう少し、お仕事のことを伺いたいわ。お友達が、あなたがお勤めになる研究所に興味を持ってるってお話、しましたよね？

エミリアの行くような女子大の学生が、S研究所の名前を知っていただけでも驚いたのに、よもやジャーナリスト志望の学生がいようとは、と思ったことは覚えていた。

アーサーにしきりに就職先の話題を振ってくるのも、自分の結婚相手としての職業リサーチか、単なる話のきっかけにしているだけだろうと思った。

しかし、彼女が武器見本市に行くような書記官だとすれば。

彼女には本当に「ジャーナリスト志望のお友達」がいるのだろうか？　もしかして、アーサーの勤め先に興味を持っているのは彼女自身、あるいは彼女の上司なのではないか？

そう考えると、なんとも言えぬ気味悪さを覚えた。

噂には聞いていた——女というものは、たいへん恐ろしいものだと。一生を掛けても理解することのできない、男にとっては永遠に謎の生き物であると。

しかし、それをこうも実感したのは初めてだった。

すっかり騙されていた。アマンダのあのちょっと足りない、盗癖のある、自己中心的なキャラクターという演技に。

アマンダのあれが演技だとすると、彼女がアーサーに接近したのも別の目的があるからに違いない。エミリアたちとは異なり、伴侶を求めるのではない、別の目的が。ぐいぐいと身体を押し付けてきたのも、理由がある。目的から逆算した結果、あのキャラクターの演技になったはずだ。

つまり。

アーサーは、静かに立ち上がると、ジャケットとシャツ、ズボンをそっと探っていった。なるべく音を立てないように。ゆっくりと、撫でるように。

それは、ズボンのポケットから見つかった。

見た目はシャツのボタンと見間違えそうな、ごく小さな平べったいもの。

予想はしていたが、実際に目の当たりにするとショックだった。

盗聴器。

その一方で、ズボンに入れる、というのはなかなかうまい、と感心していた。シャツやジャケットは脱いだり着替えたりするとしても、数日の滞在ではズボンは穿《は》き替えない可能性が高いからだ。

それにしても、近ごろの盗聴器は小型化が進んでいるものだ。ポケットに入っていることにも全く気付かなかった。小さいだけでなく高性能で、恐らく、ブラックローズハウスの客間くらいなら、どこで話していても聞こえるのだろう。

今この瞬間も、アマンダがじっと聞き耳を立てているかと思うとゾッとした。

あるいは、アマンダではないのかもしれない。分析要員はどこか別のところに待機しているか、やはり客としてどこかに潜り込んでいるのかもしれない。

しかし、なんという名演技だろう。アマンダには、個人的にローレンス・オリヴィエ賞を授与したいくらいである。

なんだか急に腹立たしくなった。

彼女は、自分がアーサーに馬鹿にされているのを承知で、演技していたのだ。むしろ、自分を馬鹿にしているアーサーを馬鹿にしていたに違いない。

不意に、背筋が寒くなった。

どこまで聞かれた？

今度はそれが気になった。

アマンダに抱きつかれ、このオモチャをズボンに仕込まれてから交わした会話を思い浮かべる。

屋敷の隠された空間。レミントン家の武器庫。

あの話題はまずかったのではないか。レミントン家の秘密を聞かれたというのは？

素早く考える。

いや、しかし、あれはあくまでもひと昔前の話だ。今も武器庫として機能しているとはいいがたいのだから、何かで訴えられるようなことにはならないはずだ。

では、最後の、ロバート叔父との会話は？

そう思いつき、ゾッとして必死に記憶を辿る。

さすがに携帯電話の相手の声までは聞こえなかったと思う。しかし、俺の声は聞こえていたはずだ。俺は何と言った？　アマンダの名前は出していなかったはず。

叔父さんはいったい誰を見て、「あの娘」とおっしゃったんですか？

リセのことですね？

はい、アリスの連れてきた日本人の。リセ・ミズノです。

違うんですか？　妹が紹介したというからてっきり。


どっと冷や汗が噴き出してきた。

エミリアの名前も出していないが、勘のいい人間であれば——そして、アマンダは勘がいいはずだ——それがアマンダのことを話していると気付くかもしれない。いや、アマンダならば気付く。自分の正体がアーサーにバレたことを。

アーサーは無意識のうちに周囲を見回していた。


どうする？


しばし、その場に立ち尽くしていたが、思いついて、そっと盗聴器をズボンのポケットに戻し、クローゼットに向かった。

アマンダの目の付けどころは悪くなかったが、彼は替えのズボンを持ってきているのだ。ディナーに備えて、ズボンを穿き替えるのは決して不自然ではない。

アーサーは着替えていることをアピールするかのように、がさがさと音を立ててズボンを穿き替えると、バタンと大きくクローゼットのドアを閉めた。

とりあえず、これで、盗聴器に気付いたことは知られずに済む。

そして、部屋から廊下に出て、妹に電話を掛けた。

アリスではない、もう一人の妹に。

『あら、アーサー、どうしたの？』

屈託のない声のエミリアが出る。

「今、ちょっといいか？」

『いいわよ』

「お前、一人？　どこにいる？」

エミリアが声を潜めるのが分かった。

『ママのところ。ママ、ちょっと参っちゃってるから』

アーサーはハッとした。

亭主が失踪し、血の雨が降ったのだ。ちょっと考えれば当然のことなのに、そこまで気の回らなかった自分を反省する。アーサーやアリスは父親のみならず母親とも折り合いがあまりよくなかったが、エミリアは母とは仲良しだった。

「そうか。悪いな。付いててくれるか？」

『ええ。もちろん』

エミリアは意外そうな声を出した。

「で、お袋は？」

『今、眠ってる。ここ数日よく眠れなかったんだって。ちょっとでも熟睡できれば少しは楽になるでしょ。夕飯までここにいるわ』

「ありがとう。よろしく頼むよ」

『珍しいわね、アーサーがそんなこと言うなんて』

「で、ちょっと聞きたいんだけど」

アーサーは更に声を低めた。

『なあに？』

「お前の友達の、アマンダのことだ」

『えっ。気に入ったの？』

エミリアの声が俄然張り切る。

「違う違う」

『何よ、違う違うって』

妹の声は不満そうだ。

「どこで知り合った？　大学の友人だって言っただろ」

『そう、大学の友達に紹介されたの』

「お前と同じ大学に行ってるのか？　学部はどこだ？」

エミリアが、つかのま考え込むのが分かった。

『——そう言われてみると、知らないわ。どこの学部だったっけ？』

こりゃダメだ、とアーサーは天を仰いだ。

「彼女を紹介してくれたのは誰だ？」

『エレンよ。エレン・アダムズ』

その名前は知っていた。エミリアと中学から一緒だった娘だ。父はヘンリー・アダムズ。確か、外務省の外郭団体の役員を務めていたはずだ。

なるほど、恐らくは、その辺りからレミントン家に接近するように仕込んできたな。やはり、最初から意図を持ってエミリアに近付いてきたのだ。

「分かった。ありがとう」

『ねえ、ホントに気に入ってくれたんじゃないの？　彼女、アーサーのこと、とても気に入ったみたいよ』

「違うよ」

別の意味で俺のことを気に入ったらしいがね。

アーサーは苦笑しながらにべもなく否定した。

「でも、俺がこの話をお前にしたことを、彼女にも誰にも内緒にしてくれるとありがたい」

『何よ、変なの』

「じゃあな」

ぶつぶついう妹の声を聞きつつ電話を切る。

顔を上げ、振り向いたアーサーは、一瞬、息が止まるかと思ったくらい驚いた。

廊下の先に、アマンダがいたからだ。

エントランスホールで立ち話をしている二人の女。

またしても鮮やかなライトブルーのスーツを着た、名女優のアマンダが、なぜかリセ・ミズノとにこやかに談笑しているではないか。

今の会話は聞こえてないだろうな、とアーサーは二人との距離を確認した。

あの様子だと、話に集中しているようだ。

大丈夫、聞こえてない。

内心、ホッと胸を撫でおろす。

しかし、どうしてあの二人が？

携帯電話をしまったアーサーがゆっくりとホールに近付いていくと、アマンダとリセは同時に彼に気付き、完璧な笑顔を彼に向けた。

その屈託のない笑顔に、アーサーは震え上がった。

本当に、女というのは理解不能な、恐ろしい生き物だ。


その晩――十月最後の夜のディナーはビュッフェ形式となった。

無理もない。ディナーの主催者たる当主は姿を消したままで生死も分からないときているし、いつここを出られるか分からぬ客たちは疲れ切っていて社交に精を出す気分ではないだろう。

見張りをしている警察官のあいだにも疲労と焦燥は広がっていて、どんよりとした空気が屋敷全体を覆っていた。

その後、警察からは何の指示も発表もない。

まさにいつ果てるとも知れぬ檻《おり》の中にいる状態で、もう何年もこの屋敷に滞在しているのではないか、これから先もずっとここから出られないのではないか、という心地になってくる。

そんなわけで、ビュッフェ会場はさざなみのように緩やかに人々が出たり入ったりし、そこここで声を潜めてテンションの低い会話がだらだらと交わされている、という状態になった。

アーサーたちも、その一角を占めている。

意外なことに、先ほど廊下で出くわした二人の娘はまだ何事か熱心に会話を交わし続けていた。

あの、素性を偽って上の妹エミリアに近付き、アーサーに盗聴器まで押し付けてきたアマンダと、下の妹アリスが連れてきた、未だ疲れも見せず涼しい顔でこの屋敷に馴染んでいるリセとが。

アーサーはその様子を離れて窺っていた。

いったい何を話しているんだ？　単なる社交にしてはやけに長いし、あの熱心さも決してうわべだけのものではないように感じられる。

そう感じたのは彼だけではなかったらしく、珍しくアリスが聞こえるはずもないのに声を潜めて囁いてきた。

「なんか、意外な組み合わせだわ。よく会話が続くわね」

「俺もそう思ってたところだ」

「リセってカバー範囲広いわー」

アリスが心底感心している様子なのがおかしかった。

もっとも、カバー範囲の広さでいえば、アマンダのほうも大したものである。彼女のオリジナルの性格はどういうものなのだろう。もしかすると、リセ・ミズノと似たようなタイプなのかもしれない。

アーサーは、ふと気味が悪くなり、そっと周囲を見回した。

この大勢の人々——果たしてこの中でどれだけの人が「見た目通り」なのだろうか。もしかすると、アマンダのように「見た目通り」ではない者がもっと紛れ込んでいるのではないだろうか。

それはゾッとする思いつきだった。

ひょっとしてアマンダは「聖なる魚」なのか？　だとすれば、彼女の仲間が他にもいるのでは？

そう——あの時代がかった脅迫状は、確かにオズワルド・レミントン宛てではあったが、「その一族へ」とされていたのではなかったか？　彼らの呪いは当主以外にも及ぶのではないか？

にわかに不安が首をもたげてくる。

脅迫状にはブラックローズハウスのレターヘッドが使われていた。わざわざここのレターヘッドを使ったのは——ここでの過去の、何かの因縁に思い当たらせたいということなのか？　だが、因縁なんて大昔のものくらいしかない。少なくとも、今生きているレミントン家の人々が、この屋敷で何か悪さをしたという話は聞いていない。そもそも、ここ数十年、誰もここには住んでいないのだ。

ではなぜ、このタイミングで？

そんなことを悶々と考えていると、向こうからエミリアがやってきた。彼女も疲れた顔をしている。きっと、母親のそばについていて、ずっと声を掛けていたに違いない。

アーサーは少しばかり罪悪感を覚えた。母親のことなど、全く考えていなかった。

エミリアは、リセと話しているアマンダに声を掛けた。

リセが顔を上げ、会釈する。

それを機に、リセは二人に挨拶して席を立ち、こちらにやってくる。エミリアとアマンダは二人して連れ立って軽食の皿を取りに行ったようだ。

「リセ、お疲れ。なんの話してたの？　ずいぶん話し込んでたみたいだけど」

アリスが声を掛け、ワイングラスを差し出した。

「いえ、ね」

リセは後ろ髪を引かれているような表情でグラスを受け取り、アリスにワインを注がれるがままになっていた。

「奇遇なんだけど、共通の知り合いがいたのよ。びっくりしたわ」

「誰？」

「うちの親戚――のような人なんだけど」

リセは言葉を濁した。

「ふうん」

「ねえ、彼女、イギリス人——よね？　お姉さんと同じ大学なんでしょ？」

アリスの顔を覗き込むが、アリスは首を振った。

「よく知らないわ。あたしも会うのは初めてだし」

「そうよね」

リセが不思議そうな表情をするのを見て、アーサーは、彼女も何か気付いたな、と直感した。

イギリス人ではない彼女。ただの学生ではない彼女。

何に気付いたのかぜひ聞いてみたかったが、この場では無理だ。

その後も、だらだらと飲み食いが続いた。ロクに動いていないので空腹ではないのだが、なんとなく惰性で口に入れている、そんな感じだった。

疲れているのだが、部屋に引き揚げて一人になるのにも抵抗がある。みんなそんな気分だったのか、アレン叔父とキースも現れて、その輪に加わった。

「部屋だとよく休めん」

アレン叔父はわざわざここまで居眠りに来たらしく、やがてうとうと船を漕ぎ始めた。その気持ちは分かるような気がした。みんなが周りにいると、なんとなく安心なのだ。

「手持ち無沙汰だなあ」

「チェスでもやる？」

デイヴがどこからかチェス盤を持ってきた。

「アーサー？　どうだ一局？」

「あたしがやる」

アリスが手を挙げると、デイヴは渋い顔をした。

「お前の手筋は厳しいし、ガツガツ来るから、あんまり楽しくないんだよな」

「そんなことないわ。あたしもオトナになったんだから、エレガントなプレイだってできるわよ」

二人が勝負を始めるのを横目に、アーサーも少しうとうとしてきた。昼間の緊張が解けて、代わりに疲労が押し寄せてきたようだ。

最初は気分転換に始めたらしいが、だんだん真剣になってくるのが二人の表情から分かった。

リセとキースが面白そうに盤上の展開を眺めている。

「あっ」とデイヴが慌てた声を出した。

「それはないだろ」

「えへへ。油断したわね」

「ずるいぞ」

デイヴがムキになるのが分かった。この二人、そもそも負けず嫌いなところはよく似ているのだ。

「チェックメイト」

「ギャー」

デイヴが頭を抱えた。

「ふう。ワインばっかり飲んでたから口の中がべたべただな」

キースが立ち上がり、バーカウンターの上の壜の群れのほうに向かった。

アーサーは思わずハッとしてソファに座り直した。

何か、デジャ・ビュを感じたような気がしたのだ。

あのロバート叔父が倒れた場所。

「キース、気をつけて。封を切った酒には手を出さないで」

反射的に叫んでいた。

「え？　ああ」

振り向いたキースは、苦笑した。

「大丈夫。飲むわけじゃないよ。なんとなく、ラベルを見たくなってさ。どんな酒があったか確認したくなったんだ」

「ならいいけど」

アーサーは安堵の溜息を漏らし、ソファにもたれた。

やれやれ、やっぱりトラウマになってるな。

目を閉じると、あの時のことが蘇る。

倒れ掛かってきた叔父、あの重さ、あのぐったりした感じ。

忘れろ、忘れろ。叔父はもうほぼ回復した。もう元気になったんだ。

「あれ、こんな酒がある」

キースは棚の奥のほうから、緑色のボトルを取り出した。

バーカウンターを背に、じっとラベルを見下ろす。

「ふうん。面白い。これ、わざわざうちで頼んだ記念ボトルだな。道理で、珍しいボトルだと思った」

「記念ボトル？　なんの？」

アーサーが尋ねた。

「グレンリベットなんだけど。えーと、何年だ」

キースが老眼なのか眼鏡を押し上げて顔をしかめる。

「うん？」

その時、アーサーは奇妙な心地になった。

なんだか、ヘンだ。

キースの姿が二重に見える――

アーサーは目をぱちくりさせた。

ひょっとして、酔っ払ってるのか俺？　長時間ダラダラ飲んでるせいで、思ってるよりも酒が回っているのかもしれない。まさか、脳梗塞とか、そういうもんを起こしかけてるわけじゃないよな？

一瞬、混乱し、慌てて座り直す。

別にふらついているわけでもない。

もう一度瞬きをした。

いや、違う。キースの影が――キースの影がやけに濃い。ヘンだな、マントルピースにキースの影が映っている？　こんなにはっきり？

アーサーは天井に目をやった。

いや、照明の位置からいって、あんなふうに影が映るはずはない。

「キース」

思わずそう声を掛けていた。

キースの後ろで、ゆらゆらと揺れている黒い影。

ようやく気付いた。

誰かが――誰かがキースの後ろに立っている。

「キース。誰かが、後ろに」

自分の声が大きくなったのに気付いた。

そんな馬鹿な。いったいどこから現れたんだ？　誰かがキースに近寄ったところなんて見ていないのに。

みんながハッとしてキースに目をやるのが分かった。

「えっ？」

キースの目が見開かれ、彼は後ろを振り向いた。

「うわっ」

すぐ後ろに立っている影に気付いて飛びのく。

黒いガウンをまとった黒い影。

林で見たあの影と同じだ。


みんなが凍りついたようにその影を見つめた。

ガウンをかぶっていて、顔が見えない。

影は、ゆらゆら、ゆらゆらと揺れている。

「誰だ」

キースが叫ぶのと同時に、影はゆらりと一歩前に出て、よろめくように数歩進んだ。

声にならない悲鳴が上がり、みんなが立ち上がり、後ずさる。


「さ、か、な――」

絞り出すようなかすれた声。

さかな？

みんながその意味を考えていると、影はふらりと前のめりに倒れた。

その勢いで、ガウンが脱げ、くしゃくしゃの髪と土気色の顔が飛び出す。

「親父！」

そう叫んだのはデイヴだった。

「パパ！」

つられたようにアリスも叫ぶ。

紛れもなく、そこにいるのはオズワルド・レミントンその人だった。

しかし、子供たちの叫び声に応えることはなく、誕生日を迎えるのと共に姿を消し、誕生日が終わる間際になって再び現れた当主は、そのまま無言でばったりと床に倒れ込んだのだった。

【第10章】
ストレンジャー

「へえっ。なんともはや、マジックショーじみた展開だねえ。当主はいったいどこから現れたんだい？」

ヨハンは目を丸くして、興味津々というように身を乗り出した。

「マントルピースの中さ」

男はあっさりと答えた。

「偽の暖炉の壁が扉になっていて、その中の煙突に当たる部分に閉じ込められていたらしい。というか、当主が進んでそこに入った――正確に言うと、入るように脅迫された。なにしろ、弟が毒殺されかかったんだ。自分だっていつ殺されるか分からない」

「そもそも、寝室からはどうやって消えたの？　警察が見張ってたんだろう？」

「後から聞いたんだが、やはりブラックローズハウスはからくり屋敷だった。そもそもが武器庫として建てられた屋敷で、五弁の薔薇は、武器庫ということを隠し、安全性を確保するための方便だったわけだ。当主の寝室と廊下の壁の中も武器庫になっていて、出入りする隠し扉もあって、そこからこっそり廊下に出て、マントルピースの中に潜り込んだというんだ」

「想像すると結構情けない姿だね」

「まあ、そういう男さ」

男は肩をすくめた。

「で、無事だったの？」

「ああ。マントルピースの中は独房みたいな小部屋になってて、おまるだけ置いてあった。あまり換気がよくなかったのか、やや酸欠で脱水症状は起こしていたが、命に別状はなかった。ただ、汚い古い木箱を抱えていて――元々、『聖杯』が入っていた箱らしい――見たら、中はもぬけの殻。そこに『聖なる魚』からのメッセージが入っていた」

「なんて？」

「『こんな醜悪な老いぼれよりもずっと美しくマシなものをいただくことにしたので、こちらはお返しする。これにて失礼させていただくが、諸君をお騒がせしたことをお詫びする。聖なる魚』」

「おやおやおや。つまり、本当は『聖杯』が目的だったってことだよね。単なる泥棒で、復讐云々はレッド・ヘリングだったわけ？」

「警察はそう見ているようだ」

男は冷ややかな声で言った。

「君は？」

ヨハンは無邪気に尋ねた。

「なんだか、君はそうは思っていないみたいだけど」

男は訝しげにヨハンを見てから、黙り込む。

ヨハンはおもむろに、男の持ってきたタブロイド紙を取り上げた。

『祭壇殺人事件』と、『聖なる魚』事件は別もので、とりあえず『聖なる魚』事件は終わったと。そういう解釈でいいのかな？」

「警察は、だ」

「君、まだ僕に話してないことがあるよね？」

ヨハンはちらっと目の前の男を見る。

男はピクリとした。

「たとえば――レミントン家の、ブラックローズハウスの敷地から、警察犬が切り取られた頭部や、腕や、胴体の一部を見つけた、なんてこと」

ヨハンは歌うように続けた。

「たとえば――『祭壇殺人事件』の遺体は、どれも死後に切断されたということ。犬と共に爆破された人間の腕は、ブラックローズハウスの敷地内の遺跡に残されていた遺体とDNAが一致したこと。つまり、『祭壇殺人事件』の犠牲者は二人であること」

二人は、じっと正面から見つめあった。

「――何が言いたい？」

男は、座り直した。

二人の前のグラスはどちらも空になっているが、残りのワインを注ごうという気配はない。

「そもそもの、順番の話さ」

ヨハンはそっけなく答えた。

「それとも、地理の話かな？」

男は怪訝そうな顔になる。

「地理？」

「そう。ソールズベリーと言えば、世界遺産。ストーンヘンジ。エイヴベリーの環状列石。ケルトの遺産、古代文明のロマン溢れる地。そして、貴族様であるレミントン家のブラックローズハウスもかの環状列石に近いところにある。なにしろ、敷地の中にもケルトの遺跡があるくらいだ。まあ、当主は全く興味がなかったみたいだけど」

ヨハンは両手を広げた。

「だけど、ソールズベリーにはもっと有名なものがあるよね。観光客にも、地元民にも、普段は見えていないけれど」

「ソールズベリーに？」

男は低く繰り返した。

ヨハンは頷いた。

「ソールズベリー平原。その南の部分を占めるのはイギリス陸軍基地と、その演習場だ」

ヨハンの言葉に、男はまたしてもピクリと反応した。

「これは僕の想像さ。妄想と言ってもらっても構わない」

ヨハンは膝の上で頬杖をついた。

「事故なのか、トラブルなのかは分からない。もしかして、陸軍に出入りできる誰かだったのかもしれない。だが、トラブルは起きた。殺すか、殺されるかというせっぱつまった暴力沙汰になった。どういう状況だったのかも分からない。基地の中だったのか、境界だったのか」

男は黙っている。

「基地にはヘリコプターがあった。着陸するところなのか離陸するところなのか」

ヨハンは宙を見た。

そこにヘリコプターが舞っているかのように。

「ヘリコプターのローターというのは強力だ。絶対その半径内に入るなと言われる。猛烈な風も発生するしね」

ヨハンの目は宙を見たままだ。

「ローターに触れたら、人間の手足や頭なんか簡単にまっぷたつにされてしまう」

激しく回るローターを見たような気がした。

揉み合う二人の男。片方の男が力を振り絞り、もう一人の胴体を抱え上げる。頭がひとつ、空中に高くとびだす。

何かがぶつかり、ちぎれ飛ぶ。

沈黙。

「思うに、最初に切断されて吹っ飛んだのは、頭と手じゃないかな。むろん、即死だね。陸軍基地内に死体なんか見つかったらたいへんだ。なので、遺体は持ち出す」

ヨハンは何かを拾い上げる仕草をした。

丸いもの。重いもの。

「死体を切断するのはなんのためか？　最初に話したよね——それは、運びやすくするためだ」

二人の目が合う。

両者の目は、どちらも落ち着き払っている。

「もっと言えば——特に君の場合は」

ヨハンは言葉を切った。

「切らなければ、コントラバスのケースに入らなかったからだろ？　ね、キース？」

雨の音がどこかから聞こえる。

キース・レミントンは、無表情にヨハンの顔を見つめていた。

が、やがて小さく笑う。

「コントラバス・ケースはコントラバスを入れるものさ」

ヨハンはこっくりと頷いた。

「うん。みんなそう思ってる。だから、あんまり疑われないよねえ。僕も、君がオートバイに乗って、器用にコントラバス・ケースを背負ってるところを見慣れてるから、中に死体が入ってたって気付かないだろうね」

「なんだってまた、俺が陸軍基地で人を殺さなきゃならないんだ？　軍隊なんてものとは、一切無縁の、ポップなミュージシャンの俺が？」

「うーん、それは」

ヨハンは首をかしげてニコッと笑った。

「君がＭＩ６の情報部員だからじゃない？」

キースは、不意を突かれた顔をした。

「俺が？」

「そう。まあ機関名はどこでもいいけど。対外部門だから、やっぱりMI6？　だって、君が殺しちゃったのって、バルカン半島の根っこのところにある国の人でしょ？　表向きは平和になっても、実はまだいろときな臭い、未だに裏では武器を必要としてるところ。だからこんなに面倒くさいことになっちゃった」

ヨハンはあっけらかんと言い放つ。

キースは絶句して、かすかに青ざめた。

「まあ、とにかく君はコントラバス・ケースに死体を入れて運んだ。ところが、困ったことが起きた。オートバイのタイヤがパンクしたんだ。もしかしたら、ガス欠になったのかもしれないし、天気が悪くてスリップしてぬかるみにはまったのかもしれない。いくらなんでも、徒歩で死体の入ったコントラバス・ケースを運ぶのは重くてたまらない。中身をなんとかしたい。そこで、減量を試みる。途中の『祭壇』に重たい胴体を残す。ローターで切られたと原因を特定されるのは困るので、切り口を整える。身元を特定できるものさえなければ大丈夫と思ったのかもしれない。きっと猟奇殺人だと思われるだろうし。さすが、ナイフはいつも持ち歩いてるんだね」

ヨハンは誉めるように微笑みかける。

キースは無表情のままだ。

「減量したものの、やはりまだ重いし、長時間持ち運ぶのはまずい。じきに――いや、もう既に臭ってきただろうし」

ヨハンは鼻をつまんでみせた。

「ならば、勝手知ったる私有地に埋めるしかない。そう、地理の問題さ。ソールズベリーには、陸軍基地があって、ストーンサークルがあって、ブラックローズハウスがある。ならば、私有地であるブラックローズハウスに残りを埋めればいい。そして、君はそうした。子供の頃から馴染みのある、屋敷の敷地内に」

キースはそこで、何かに気付いたようにハッと顔を上げた。

「それでか」

「何が？」

二人の視線が、一瞬交差した。

「それで『祭壇殺人事件』の模倣犯と、犬と人間の爆破事件を起こしたのか」

「まあ、正確に言えば、犬と人間の一部の爆発事件だけどね」

「『聖なる魚』事件」

キースはボソリと呟いた。

「あれは、俺たち親戚を呼び集めるためか」

「うん、特に君には来てほしかったよね。模倣犯がいると気付けば、君が死体を埋めたところに連れていってくれるんじゃないかと思ったけど、事件が派手すぎたし、人が集まりすぎたし、君はその場所に行ってくれなかった」

「だから、わざわざ俺たちのいる部屋に懐中電灯をかざしてアピールしたのか」

「誰だか知らないけど、ご婦人方には申し訳ないことをしたよね」

ヨハンはかりかりと頭を掻いた。

「あ、言っとくけど、模倣犯のほうの遺体は、誰かが殺したわけじゃない。クスリのオーバードーズで死んだのを横流ししてもらった。それと、病気がひどくて安楽死させる予定だった、あの犬には謝らないと」

キースは更に何かに気付いたようだった。

「まさか、両方の事件を起こしたのは——警察犬を呼ぶためか？」

「あれだけ沢山の警察犬を投入してくれれば、いくらブラックローズハウスの敷地が広いとはいえ、まんべんなく駆け回って君が埋めた死体を見つけだしてくれるだろうからねえ」

ヨハンは新聞をパサリとテーブルの上に置いた。

キースはまじまじと目を見開いてヨハンを見た。

「君は——何者だ？」

「音楽家さ。君と同じ」

ヨハンは立ち上がった。

「そして、君と同じく、君が殺した彼には僕も情報を貰ってた。だから、彼の国にはちょっと恩を売っておこうと思ってね。生死を確定させるだけでも、それは大きな情報になるし、遺族にはお金が出るから」

キースもよろよろと立ち上がる。

「俺を告発する気か？」

「僕が？」

ヨハンはあきれたような顔をした。

「なんでそんなことしなきゃならないの？　僕らは音楽家仲間で、たまたま君は近くに来たから寄ってってくれただけだろ？」

肩をすくめるヨハンに、キースは棒立ちになる。

「そもそも、今の話はただの僕の妄想だよ？　君がやった証拠なんてどこにもないじゃない？　君のことだから、コントラバス・ケースの中にはきちんとシートを敷いてあっただろうし、今はただのコントラバス・ケースなんだろ？　コントラバス・ケースの中身はコントラバスに決まってる」

ヨハンは時計に目をやった。

「さ、これからお客が来るんで、そろそろいいかな？」

キースは、のろのろとコートを羽織った。

「お休み、キース。またロンドンで会おう」

ヨハンに促され、キースは玄関に向かった。

「お休み、ヨハン」

安堵と不審とが入り混じった声。

「どうしてうちに来たの？」

ヨハンが尋ねる。

キースが振り向く。

「地理の問題だな。君のスタジオもまた、ソールズベリーにあるからかな」

「そうだね」

二人は握手を交わし、キースはゆっくりと闇の中に消えていった。

じっとその背中を見送っていたヨハンは、静かに扉を閉める。


次にチャイムが鳴った時、ヨハンはウイスキーを飲んでいた。

「ハイ、どうぞ」

「無用心ね」

久しぶりに聞く声だった。

「やあ、リセ」

ヨハンはグラスを掲げてみせる。

玄関から、何か美しいものがやってきた。

神秘的で――それでいて華やかな、すらりとした女性が入ってくる。

ヨハンは一瞬見とれた。

彼女はいつも、素晴らしい。

理瀬《りせ》はコートを脱ぎながら玄関に目をやった。

「鍵が開けっぱなしだったわよ」

「少し前までお客が来てたんだ。君が来るのを知ってたから、そのままにしといた」

「あら、お客様が？　こんな時間に？」

ヨハンは立ち上がり、二人は親しげに長い抱擁を交わした。

「全く、足止めくらっちゃってたいへんだったわ。あんなにパパラッチが来るなんて。なるべく写真に残らないようにしているのに」

理瀬は溜息を漏らした。

「で、お望みのものは手に入ったのかい？」

ヨハンは理瀬のグラスにウイスキーを注いだ。

「まあね」

理瀬はコートを置くと、バッグの中から紙袋を出してみせた。紙袋の中から出てきたのは、古くてゴツゴツした木箱である。

「へえ、それが聖杯？」

ヨハンが覗き込む。

「違うわ」

理瀬は箱を開けて見せた。

中は空っぽである。

「なんだ、聖杯は手に入らなかったの？」

「ううん。あたしが欲しかったのはこっちだもの。それなりの値は付くかもしれないけど、あんなありふれた工芸品、興味ないし。あれはクロドニアの彼女が持っていったみたい。闇で売るんじゃないかな。すごい演技力だったけど、金目のモノが好きなのはホントみたい」

理瀬はグラスを受け取り、ヨハンの隣に座った。

「ええ？　こんな汚い箱が目的？」

ヨハンはあきれ顔だ。

理瀬はにんまりと笑った。

「そう思う？　これに幾らの値がつくと？」

ヨハンはぎょっとしたように理瀬を見た。

「そんな値段がつくようなものなの？」

理瀬は頷いた。

「これ、香木よ。うちの記録に残ってた。香木で作った箱なのよ。かなりの大きさだわ」

「香木？」

「伽羅とか、白檀とか、聞いたことあるでしょう。正倉院《しょうそういん》にある『蘭奢待《らんじゃたい》』と呼ばれる香木なんか、十一キロほどあるんだけど、今の値段で億単位の値がつくと言われている。香木は栽培が難しい稀少品で、これからも増えることは見込めない。この箱ひとつで、一千万は下らないんじゃないかな」

「一千万」

ヨハンは絶句して箱を見つめた。

「こんなのがねえ」

「それより、あなたのほうはうまくいったの？　あたしはたまたま友達に招かれて居合わせただけだし、あわよくばこの箱が手に入ればいいなと思ってたくらいだけど、あなたはなんだかややこしいことしたんじゃない？　あのクロドニアの子が、あなたのこと知ってるから驚いた」

ヨハンはにっこり笑った。

「うまくいったよ。僕のほうは、すべてめでたく片付いた」

「ならいいけど」

理瀬はウイスキーを飲んだ。

「あの子、アーサーのこと——現当主の長男だけど——をイギリスの情報部員だと思ってたみたい。あたしは違うと思うけどね」

「ふうん。アーサー、ね。どんなヤツなの？」

理瀬はにっこりと微笑んだ。

「素敵な人だったわ」

「おや。お気に召したんだね」

「ええ。とても気に入ったわ」

理瀬が暗い目をしたので、ヨハンは「おや」と思った。

「いつか、また会えるような気がする」

理瀬は、正面を見据えて、またグラスに口をつけた。

恐らく——次はあたしの敵として。

そう低く呟いたのが、ヨハンには聞き取れただろうか。
彼は理瀬のグラスに自分のグラスを合わせ、かすかな微笑みを浮かべただけだった。

【終　章】

「さすがにここまでは来ないわね」

アリスが振り向き、遠ざかるブラックローズハウスに目をやった。

「大英帝国のパパラッチ、まさか自分がその対象になるとは思わなかったけど、聞きしにまさる凄まじさだったわ」

リセが肩をすくめる。

「油断は禁物。もしかすると裏口も張ってるかもしれんぞ」

アレン叔父が釘を刺すように呟いた。

「とんだハロウィンでしたね」

アーサーが溜息をつく。

当主が発見され、「聖なる魚」からは事件終結宣言が出された。

どうやらブラックローズハウスをめぐる事件はひと区切りしたらしく、これ以上客を引き止めておけないと警視庁は判断したようである。むろん、祭壇殺人事件も含め本格的な捜査はこれからなのであるが。

身元と連絡先をしっかり確認・確保された上で、ようやく物騒なハロウィン・パーティから解放された客たちが、疲れ切った顔で三々五々引き揚げてゆく。

正面玄関では、例によって貪欲なタブロイド紙のスタッフが待ち構えており、次々と招待客の顔写真をカメラに収めている。その光景に恐れをなしたアーサーたちは、こうしてこそこそと敷地の裏口を目指しているのだった。

デイヴはシティの会社から呼び出しが掛かっており、ひと足早く引き揚げていたので、裏に車を回して待ってくれているキースのところに向かっているのは四人である。

「結局、行きも帰りも裏口からだったわねえ」

アリスがリセの顔を見て笑う。

「そう、あの辺りで会ったのよね」

リセはそっとアーサーに目をやる。

アーサーは、ハッとしたように丘の林に目をやった。

あれはほんの数日前のことだった。あそこに禍々しい黒い影を見たのは——

まるで大昔のことのように思える。初めて彼女に出くわした、あの吸い込まれそうな漆黒の目に魅せられたのは。

あれは彼女ではなかったのか。何かの見間違いだったのだろうか。

アーサーの思い起こすような目をちらりと見て、リセも思い出していた。

あの時、ヨハンに、前もって林に隠してあるドローンを出しておいてくれと指示されていたのだが、やはりアーサーに目撃されていたのだ。どうやら、自分が何を見たのか分かっていないようなので助かったけれど。

かすかに胸を撫でおろす。

今回は、同じブラックローズハウスをめぐる案件でも互いに全くの別件、別行動で、ヨハンの目的が何なのかは知らされていなかった。

夜はブラックローズハウスの外に出るな、デキャンタに入った酒は飲むな、としか聞かされていない。

もっとも、彼女の目的もヨハンには知らせていなかった。しっかり内部が樹脂化した極上の香木で作った箱を先祖がレミントン家に持ち込んだ、という古い書付に興味を持っていたが、まさかそれがアリスの実家で、本当にレミントン家にもぐりこめるとは。偶然とは面白いものだ。

アマンダが身元を偽っているのにも驚いた。レミントン家にもぐりこんでいるのは、彼女だけではなかったのだ。

ふとした話がきっかけで、アマンダがヨハンを知っていることに気付き、彼女はイギリス人ではないと判明したのだが、あの演技にすっかり騙されていた。

やれやれ、あたしもたるんでいたのね、気を付けなければ。

アマンダの目的は、たぶんヨハンの今回の件とも関係があったのだろう。しかし、それと同じくらい重要だったのは――

リセは隣を歩くアーサーに目をやる。

アーサーに接触する。アーサーと顔なじみになっておく。それはつまり――

アーサーがリセの視線に気付き、ふと不思議そうな目になったので、リセはニッコリと微笑みかけた。

「就職されるんですってね？　国家公務員？」

アーサーも微笑み返した。

「ただの民間企業です。辛気臭いシンクタンクですよ」

「あら、てっきりユナイテッド・キングダムに仕えるのかと」

「とんでもない。どういうわけか、みんな僕の就職先に興味津々らしいな」

「うふふ。どうしてかしら」

一瞬、二人の目が合った。

そこに殺気のようなものが走ったと感じたのは気のせいだろうか。

アーサーが真顔になる。

「ただ、僕の上司はたった一人しかいないというだけですよ」

リセはハッとした。

たった一人。

「それはひょっとして――Mで始まるお名前でお呼びする方かしら？」

アーサーは苦笑し、唇に人差し指を当てた。

「さあね。それは秘密。ご想像にお任せします」

二人は前を向き、また和やかな表情に戻った。

Mで始まる名前――MAJESTY。陛下。

「ロンドンで会えますか？」

前を向いたままアーサーが呟いた。

「会えるといいですわね」

やはり前を向いたままリセが答える。

「では、いつかまた」

「ええ、きっと」


きっとまた、どこかで。


「あっ、あそこよ！　あそこにいるわ！」

アリスが小さく叫び、前方を指差した。

道の先に隠れるように停まっている車から、キースが手を振っている。

リセとアーサーはほぼ同時に手を上げ、キースに向かって手を振り返した。

自分たちが、同じ完璧な微笑みを浮かべていることを、痛いほどに自覚しながら。

解説　秩序と混沌の館に佇む少女

三宅香帆（書評家）

館の扉をひらくと、いつだって彼女に会えるような気がする。

彼女はいつも、館のなかにいた。

暗く、閉じられた、しかし守られた、美しい秩序ある場所。——それは閉じられた全寮制の学園であり、百合の香りのする館であり、睡蓮の見える古い館であり、いつかどこかで夢に見たような気がする三月の国のことだった。

館のなかにいる彼女は、いつだって聡明で美しく、それでいて、いつかその秩序が決壊する痛みを知っていた。

水野理瀬。その名前を読むと、いまだに胸の奥が疼《うず》く。自分が読者としてはじめて彼女と出会ったときのことを思い出すからだ。

「ああ、やっと〝こういう女の子〟がヒロインになってくれた」

はじめて〈理瀬シリーズ〉を読んだ時、当時中学生だった私は、「自分はこういう話が読みたかったんだ！」と思ったことをよく覚えている。

　小説にしろ漫画にしろアニメにしろ、それまで読んでいた物語において、なぜかヒロインは賢さか強さか美しさのどれかを奪われていることが多かった。一方でたまに登場する強さも賢さも美しさも兼ね備えた少女は、ヒロインの友人に追いやられたり、あるいは主人公の手の届かない遠い場所に据え置かれていたのだ。なぜだろう、なぜ少年はみんな強くて格好良いヒーローが許されるのに、少女はどこか欠点が求められるのだろう、と心底不思議だった。

　しかし私は恩田陸の描く「水野理瀬」という少女に出会って、驚いた。ああ、こういう女の子の物語をずっと読みたかったんだ。そう気づいたのだった。そう、思春期の私にとって一番憧れたヒロインが、水野理瀬という少女だった。

　いうまでもなく、本書の主人公である。

　本書『薔薇のなかの蛇』は、二十歳の水野理瀬がイギリスで活躍する物語である。本書の刊行を知った時、十七年ぶりに理瀬に会える——そう思わず歓声を上げてしまった。おそらく私と同じように〈理瀬シリーズ〉の新刊を待ち望んでいた人はたくさんいるだろう。

　水野理瀬の物語を振り返ると、彼女が初めて私たちの前に姿を現したのは、『三月は深き紅の淵を』だった。その中の一編で、幻の稀覯本『三月は深き紅の淵を』をめぐる物語が収録された短編「回転木馬」において、水野理瀬は湿原のなかを通り抜け、ある学園寮へ辿り着く。

予告編のような「回転木馬」で示された全寮制の学園の物語は、長編『麦の海に沈む果実』でその全貌を明らかにする。「三月以外の転入生は破滅をもたらす」――そんな噂とともにやってきた転校生・理瀬を、学園のさまざまな不可解な謎が襲う。この学園で出会ったのが、『薔薇のなかの蛇』にも登場するヨハンである。理瀬が学園で出会ったもうひとりの友人・憂理《ゆうり》の物語は、長編『黒と茶の幻想』で詳しく綴《つづ》られる。

また短編小説にも理瀬やヨハンは登場する。「睡蓮」（『図書室の海』所収）においては理瀬が学園へ行く前の物語が、「水晶の夜、翡翠の朝」（『朝日のようにさわやかに』所収）においては理瀬が学園を去った後のヨハンが、それぞれ描かれている。また「麦の海に浮かぶ檻」（アンソロジー集『謎の館へようこそ　黒』所収）は、理瀬が学園にやって来る前、学園から逃亡しようとした子供たちがいたことを校長が回想する物語となっている。このように〈理瀬シリーズ〉は理瀬を取り巻く魅力的な人間関係とともに、理瀬の来歴が紐解《ひもと》かれてきたのだった。

長編『黄昏の百合の骨』は、学園を出た後の理瀬が、長崎の洋館に住んでいた時のことが描かれる。この作品の終盤で、理瀬がイギリスへ渡ることが示唆《しさ》されていたのだが、まさに『薔薇のなかの蛇』はそんな理瀬のイギリス留学時の話となっている。とはいえ、もちろん『薔薇のなかの蛇』は単体で読んでも、つまりこれまでの理瀬の物語を知らずとも、ゴシック・ミステリとして十分に楽しめる。もし本書を読んで理瀬の過去に興味を持った方がいたら、〈理瀬シリーズ〉こと『麦の海に沈む果実』や『黄昏の百合の骨』を手に取ってみることを心から薦めたい。

『薔薇のなかの蛇』においてケンブリッジ大学へ留学中の理瀬は、友人のアリスから、彼女の家族が住む屋敷へ招待される。五弁の薔薇を象《かたど》った通称ブラックローズハウスの屋敷には、「聖杯」と呼ばれる秘宝があるのだという。そこはロンドンで噂される祭壇殺人事件が起きた、ソールズベリーの遺跡の近くだった。

理瀬が屋敷へ足を踏み入れた日、殺人事件が起こる。それは首と両手首と胴体が切断される連続殺人事件だった。不安の軋《きし》む屋敷のなかで、理瀬はアリスの兄・アーサーに怪しまれてゆく。そしてレミントン家当主に「聖なる魚」を自称する者から脅迫状が届くのだった。

――それらの噂を偶然耳にしたのは、同じくイギリスにいる理瀬の友人・ヨハンだった。二人が明らかにしていくのは、レミントン一家という貴族の歴史と、家族に秘められた物語だった。

「私ははめを外すよりはきちんとした世界の方が好きだった」（「睡蓮」『図書室の海』所収）

昔そう語っていた理瀬は、二十歳そこそこになり、大学で図像学を学んでいる。図像学——ある意匠から秩序を掬《すく》い上げ、意味を読み取る学問だ。それはまさしく理瀬が昔語っていた「きちんとした」世界、つまり世界のことわり、人間の作りあげた秩序をどう読むか？という問いなのである。世界から秩序を掬《すく》い上げる図像学は、本書『薔薇のなかの蛇』の重要なモチーフとなっている。

秩序。それはどんどん混沌が進む世界のなかで、人間が作り出せる最後の抵抗手段なのかもしれない、とたまに思う。だとすれば理瀬が追いかけている図像学の研究は、世界に対して秩序を取り戻そうとする営みそのものである。

少女という、この世でもっとも混沌を求められる存在であることを生き延びた理瀬は、イギリスの海を渡り、やはり館へ引き込まれる。

考えてみれば、理瀬という少女は、いつも館の中にいる。いや、〈理瀬シリーズ〉がそもそも「館をめぐる物語」なのだろう。

「同じものを見ても――目に映るものは違う」

本書で理瀬はそう語るが、まさに人間関係とは、秩序立てて「友人」「恋人」「家族」「学生」といった整理をされる割に、その中身が混沌としていて、「人によって目に映っているものが違う」最たる存在であろう。理瀬のいる館でいつも暴かれるのは、閉鎖的な人間関係の混沌だ。理瀬が出会う、むせかえるほどの濃密な人間関係は、たしかにそれぞれ人によって目に映る世界が異なることの証でもあるのだ。

それは彼女が大人になっても変わらない。本書において、舞台をイギリスに変えても、理瀬はこの館の混沌に秩序を見出そうとする。たとえば殺人事件の謎を解くこと。あるいは図像学の解釈をおこなうこと。そう、理瀬がいつも館にいるのは、彼女が守られた秩序の内側から混沌を見つめようとする試みそのものなのである。

恩田陸という作家の綴る物語を読んでいると、「この世の秩序をこれ以上なく愛しながらも、それでいて人間の内包する混沌が決壊するその一瞬を描こうとしている」という印象をいつも抱く。

「ドミノ」シリーズや『Q&A』といった民衆を主人公に据えた群像劇、あるいは『蜜蜂と遠雷』や『チョコレートコスモス』などのオーディションの緊迫した風景、〈理瀬〉シリーズや『六番目の小夜子』や『夜のピクニック』という学園を舞台にした物語、あるいはミステリやホラーやSF、そして都市や地方を舞台にした数々の物語においても同様なのだ。結局は、「秩序を保とうとしている人間たちが、混沌に足を踏み入れようとする、その一瞬」こそが、この作家の持つカタルシスの定義のように感じるのだ。

そしてそれは理瀬の佇《たたず》む館においても同様である。

館は、常に管理され、秩序を守り、そして伝統を引き継ぎながら、そこに存在し続ける。秘宝の眠る大きな屋敷なんてその最たる例だろう。管理していないとすぐに埃《ほこり》をかぶってしまうし、管理人の後継を決めるにも一苦労であるはずだ。しかし物語に登場する館は、管理されながらも、どこかで絶対に事件を起こす。そうして混沌がこの世界に現れる。

理瀬はその混沌をどこかで予感しながら、しかし秩序を常に愛している。

そう考えると、理瀬とはまさに恩田陸によって描かれるべくして描かれたヒロインであり、恩田ワールドの担い手そのものでもある。

少女は秩序を愛しながら、混沌を目撃する。それはどうやら大人になっても、同様らしい。

きっとまた、いつかどこかの館で、私は彼女を目撃するだろう。この世から混沌が消えない限り、理瀬というヒロインはきっと存在し続けるはずだ。

彼女の姿を見ていると、自分も混沌とした不条理の蔓延《はびこ》る世の中で、どうにか理瀬のように、己の聡明さと美しさをもって闘うことはできないだろうか――そんなふうに思えてくるのだ。

暗く不安な館の中で今も佇《たたず》む理瀬の姿に、いまだに私は励まされ、そしてここで生き続ける力をもらっている。この、暗く不安な現実という館のなかで、それでも秩序を見つめる力を、理瀬からもらい続けている。

本書は二〇二一年五月、小社より刊行されたものです。

|著者| 恩田 陸　1964年宮城県生まれ。第３回日本ファンタジーノベル大賞最終候補作となった『六番目の小夜子』で'92年にデビュー。2005年『夜のピクニック』で第26回吉川英治文学新人賞と第２回本屋大賞、'06年『ユージニア』で第59回日本推理作家協会賞長編および連作短編集部門、'07年『中庭の出来事』で第20回山本周五郎賞、'17年『蜜蜂と遠雷』で第156回直木賞と第14回本屋大賞をそれぞれ受賞。ミステリー、ホラー、SF、ファンタジーなど、あらゆるジャンルで活躍し、物語の圧倒的な魅力を読む者に与えてくれる。

薔薇《ばら》のなかの蛇《へび》
恩田《おんだ》 陸《りく》

© Riku Onda 2023

2023年５月16日第１刷発行

講談社文庫
定価はカバーに
表示してあります

発行者――鈴木章一
発行所――株式会社　講談社
東京都文京区音羽2-12-21　〒112-8001
電話　出版（03）5395-3510
　　　販売（03）5395-5817
　　　業務（03）5395-3615
Printed in Japan

KODANSHA

デザイン―菊地信義
本文データ制作―講談社デジタル製作
印刷―――大日本印刷株式会社
製本―――大日本印刷株式会社

落丁本・乱丁本は購入書店名を明記のうえ、小社業務あてにお送りください。送料は小社負担にてお取替えします。なお、この本の内容についてのお問い合わせは講談社文庫あてにお願いいたします。

本書のコピー、スキャン、デジタル化等の無断複製は著作権法上での例外を除き禁じられています。本書を代行業者等の第三者に依頼してスキャンやデジタル化することはたとえ個人や家庭内の利用でも著作権法違反です。

ISBN978-4-06-531459-3

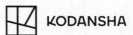

講談社文庫刊行の辞

二十一世紀の到来を目睫に望みながら、われわれはいま、人類史上かつて例を見ない巨大な転換期をむかえようとしている。

世界も、日本も、激動の予兆に対する期待とおののきを内に蔵して、未知の時代に歩み入ろうとしている。このときにあたり、創業の人野間清治の「ナショナル・エデュケイター」への志を現代に甦らせようと意図して、われわれはここに古今の文芸作品はいうまでもなく、ひろく人文・社会・自然の諸科学から東西の名著を網羅する、新しい綜合文庫の発刊を決意した。

激動の転換期はまた断絶の時代である。われわれは戦後二十五年間の出版文化のありかたへの深い反省をこめて、この断絶の時代にあえて人間的な持続を求めようとする。いたずらに浮薄な商業主義のあだ花を追い求めることなく、長期にわたって良書に生命をあたえようとつとめるところにしか、今後の出版文化の真の繁栄はあり得ないと信じるからである。

同時にわれわれはこの綜合文庫の刊行を通じて、人文・社会・自然の諸科学が、結局人間の学にほかならないことを立証しようと願っている。かつて知識とは、「汝自身を知る」ことにつきていた。現代社会の瑣末な情報の氾濫のなかから、力強い知識の源泉を掘り起し、技術文明のただなかに、生きた人間の姿を復活させること。それこそわれわれの切なる希求である。

われわれは権威に盲従せず、俗流に媚びることなく、渾然一体となって日本の「草の根」をかたちづくる若く新しい世代の人々に、心をこめてこの新しい綜合文庫をおくり届けたい。それは知識の泉であるとともに感受性のふるさとであり、もっとも有機的に組織され、社会に開かれた万人のための大学をめざしている。大方の支援と協力を衷心より切望してやまない。

一九七一年七月

野間省一

講談社文庫 最新刊

恩田 陸　薔薇のなかの蛇
巨石の上の切断死体、聖杯、呪われた一族——。正統派ゴシック・ミステリの到達点！

今村翔吾　イクサガミ　地
命懸けで東海道を駆ける愁二郎。行く手に、因縁の敵が。待望の第二巻！〈文庫書下ろし〉

堂場瞬一　ラットトラップ
1969年、ウッドストック。音楽と平和の祭典で消えた少女の行方は……。〈文庫書下ろし〉

西尾維新　悲報伝
地球撲滅軍の英雄・空々空《そらからくう》の前に、『新兵器』が姿を現す——！〈伝説シリーズ〉第四巻。

池井戸 潤　新装版 BT'63(上)(下)
失職、離婚。失意の息子が、父の独身時代の謎を追う。落涙必至のクライムサスペンス！

多和田葉子　星に仄めかされて
失われた言葉を探して、地球を旅する仲間たちが出会ったものとは？　物語《サーガ》、新展開！

西村京太郎　ゼロ計画《プラン》を阻止せよ〈左文字進探偵事務所〉
死の直前に残されたメッセージ「ゼロ計画《プラン》」とは？　サスペンスフルなクライマックス！

川瀬七緒　ヴィンテージガール〈仕立屋探偵　桐ヶ谷京介〉
服飾ブローカー・桐ヶ谷京介が遺留品から未解決事件に迫る新機軸クライムミステリー！

古泉迦十　火　蛾
幻の第十七回メフィスト賞受賞作がついに文庫化。唯一無二のイスラーム神秘主義本格!!

講談社文庫 最新刊

佐々木裕一
赤坂の達《だる》磨《ま》〈公家武者信平《のぶひら》ことはじめ㈢〉
達磨先生と呼ばれる元江戸家老が襲撃さる。藩政の混乱に信平は――！　大人気時代小説シリーズ。

横山光輝
山岡荘八・原作
漫画版 徳川家康 7
関ヶ原の戦に勝った家康は、征夷大将軍に。大坂城の秀頼が引かず冬の陣をむかえる。

輪渡颯介
攫《さら》い鬼〈怪談飯屋古狸〉
惚《ほ》れたお悌《てい》とは真逆で、怖い話と唐茄子《かぼちゃ》が苦手な虎太《とらた》。お悌の父親亀八《かめはち》を捜し出せるのか!?

田中啓文
誰が千姫を殺したか〈蛇身探偵豊臣秀頼〉
大坂夏の陣の終結から四十五年。千姫事件の真相とは？　書下ろし時代本格ミステリ！

秋川滝美
ヒソップ亭2〈湯けむり食事処〉
不景気続きの世の中に、旨《うま》い料理としみる酒。新しい仲間を迎え、今日も元気に営業中！

夏原エキジ
Cocoon《コクーン》〈京都・不死篇5―巡《めぐる》―〉
生きるとは何か。死ぬとは何か。瑠璃《るり》は、黒幕・蘆屋道満《あしやどうまん》と対峙する。新シリーズ最終章！

ナガノ
ちいかわノート
「ちいかわ」と仲間たちが、文庫本仕様のノートになって登場！　使い方はあなた次第！

講談社タイガ

森らむね
原作／田島列島
脚本／大島里美
小説 水は海に向かって流れる
高校生の直達《なおたつ》が好きになったのは、「恋愛はしない」と決めた女性《ひと》――。10歳差の恋物語！

講談社文芸文庫

李良枝

石の聲　完全版

解説=李　栄　年譜=編集部

三十七歳で急逝した芥川賞作家の未完の大作「石の聲」（一〜三章）に編集者への手紙、実妹の回想他を併録する。没後三十余年を経て再注目を浴びる、文学の精華。

いＩ3
978-4-06-531743-3

リービ英雄

日本語の勝利／アイデンティティーズ

解説=鴻巣友季子

青年期に習得した日本語での小説執筆を志した著者は、随筆や評論も数多く記してきた。日本語の内と外を往還して得た新たな視点で世界を捉えた初期エッセイ集。

りＣ3
978-4-06-530962-9

2023年3月15日現在